苦しい？楽しい！精神病

もしも、精神病の生きづらさを
喜びに変える魔法のランプがあれば……

森《mori》　実恵《mie》 著

明石書店

目次

第1部　小説

光の華

注：小説中において、外来語以外のカタカナは幻聴が語る言葉を表わす。
また、送り仮名の部分にカタカナ表記で書かれているものも幻聴の科白とする。

木の葉からもれる光が揺れ動くダイヤモンドのように踊り続ける。

ここ閉鎖病棟では〝光〟は貴重品に近いものなのだ。四角く切りとられた分厚い窓ガラスには金網がはめこまれ、光は直に患者のところには届かない。太陽はいつも遠いところにある。

花梨《かりん》は束の間の日光浴を中庭で楽しむと、鉛のように重い体をゆっくりとベンチから持ち上げた。病棟内に鐘が鳴り響いた。芸術療法の時間が始まる。きらきら光る太陽のかけらを瞳の奥に大切にしまいこむと、花梨は灰色の冷たい部屋に戻っていった。

水彩画の先生が来ている。物憂い表情で患者たちは絵筆を手にとっていた。

「今日は○や△や□を自由に組み合わせて、絵を描きましょう」

初老の講師がいつものように黒板にお手本を描き始めた。

「○や△や□を使ってなんて、幼稚園のお絵かきの時間みたいだ」

浩二が小さな声で囁いた。

「本当に、○や△や□なんて、とうの昔に私の心からはぬきとられた図形なのに。まるで心のテストを受けるみたいでいやだわ」

エリカがつぶやいた。

「私がほしいのは☆やダイヤモンドの光なんですけど」

沙織が言うと、先生は仕方なく、

「まあ、☆やダイヤも△を組み合わせればできる図形だからね、みんなの好きなように描きなさい」

と言う。

「私の心の中には○い穴がぽっかり空いていて、あとは△頭につけてあの世に行って、□い棺桶に入るだけ」

友里が歌いながら、自分の人生を描いていく。

花梨にはわからない。さっき見たお宝みたいな日の光がまだ目の奥に焼きついていた。光そのものを描くのはなんて難しいのだろう。光は☆やダイヤに似ているけれど、実体はとらえどころがなくて、この世に存在する何物にも似ていない。心の中に光が消えてからはなおさら遠くなった太陽の光を花梨は描こうと努力した。金色の絵の具でもない、銀色の絵の具でもない、オレンジでも黄色でもない、偽物の光に幻惑され、花梨は真実を見失いかけている。

「大切なものを忘れてしまいました」

花梨は手をあげて先生に言った。

「大切なものって何だね」

「人間らしい心です。人を愛するとか、感動するとか、おもいきり喧嘩して怒るとか、泣くということをもう十年以上もしていないのです」

「それは陰性症状が出ているのかもしれないね。幻覚や妄想などの陽性症状に効く薬はたくさんあるけれど、感情がフラットになってしまう陰性症状に効く薬はまだ少ないからね」

「でも、私は二度死ぬのです。ここに入院した時、私は魂の葬式をあげました。そして、ここから出る時、今度は□い箱の中に入って、体を消去する二度目の葬式をあげるのです」

私たちは一度ならず、二度死ぬのだ。精神病になったことで、社会的生命をまず奪われ、事実上戸籍からも抹消されてしまう。家族から引き離され、何十年もここにいる仲間はこの世的にはすでに死んでいるのも同然なのに、かろうじて残された抜け殻のような肉体という器の中に三度の飯をむりやりつめこみ、飼いならされた家畜のようにおとなしく病院の敷地内にいる。

ここは静かすぎる。魂という湖にさざ波さえたつことがない。湖面はいつも静寂に包まれていた。「喧嘩は昔よくやった」と言っていた猛者の祐樹でさえ、多剤大量服薬のせいで、昼間からふとんをかぶって眠っていることが多い。

「僕たちは去勢された羊だから」

本当に薬の副作用でEDになってしまった浩二が囁いた。

「あら、私だって不妊手術を受けさせられたようなものよ」

薬の副作用で生理がとまってしまった沙織が声をあげた。

花梨は結局、キャンバスに何も描かなかった。なぜなら、光は無色透明だから。「タイトル〝光〟窓から入る光を自由に当ててください、時には七色に光り輝くこともあるでしょう」作品の下にそう書き添えて、提出した。

花梨はここに来るまでの長い道のりを思い出していた。桂川の土手に咲いていた野アザミや露草や大待宵草についていたきれいな朝露に本物の太陽の光が宿っていた。

「露に自分の顔をうつしてみると、瞳が大きくなって、とってもかわいく見えるの」

10歳の花梨はそんな遊びが大好きなどこにでもいる少女だった。

けれども、その年の夏、花梨はすべての光を失ってしまう。

夏休み、花梨はいつものように4歳年上の兄と家で留守番をしていた。5歳の時に両親が離婚してからというもの、母は働きずくめで、時に二つ三つのパートをかけもちしていたように思う。朝早く起きて、昼食や夕食の準備を済ませてから、母は働きに行った。

食品工場で弁当の惣菜を作っていた母の仕事はいつも不規則で、この日も帰宅は深夜をまわりそうであった。冷たい夕食を食べたあと、花梨はテレビを見ながら、いつのまにかうたた寝をしていた。

ふと気付くと、兄の体が上にあった。はだけた下着の中になまあたたかいものが這いまわるのを感じた。

それは生き物のように執拗に動き、いつまでたっても外へ出ていこうとはしない。いつもはやさしい兄の顔は口で息をする犬のようであったし、猛々しい男の体は圧倒的な支配力を持って花梨の上に君臨していた。

花梨は恐怖のあまり、声さえ出すことができなかった。

「痛っ」

下半身に激痛が走った。兄はぐったりとして、ようやく体をはなし、仰向けになった。

「こんなこと、母さんに言うなよ」

花梨にはこの行為の意味はわからなかったが、鈍い痛みと出血がいつまでも続くことが、不安でしかたなかった。

それと同時にやさしかった兄に裏切られた悲しみが花梨の体と心を支配するようになっていく。

もう、トンボとりも楽しくはない。輝くような青空を見ても、それは空っぽのブルーの陶器に涙が一杯つまった自身の心のように思えたし、きれいだと思っていた野の草花ももう決して花梨に語りかけてくれることはなかった。

「世界は死んじゃったの」

花梨の瞳の中にあったきらきらした光は消えた。

それからも兄のおぞましい行為は母の留守の際、たびたび繰り返された。

「兄を殺してしまいたい」10歳の花梨はその弱々しい手に初めて果物ナイフを握りしめた。下着の中にかみそりを入れて寝たこともある。鏡の前に立ち、ナイフをふりかざしてもみた。そして、兄の写真や帽子をずたずたに切り裂いた。

それでも、本当に兄を殺すことなどできるはずがない。

幼かった花梨のために木の高いところまで登り、アゲハ蝶をとってきてくれた兄、登校班の班長にいじめられた時、体をはって、花梨をかばってくれた兄の姿も同時に心から消えることはなかったからである。

「兄弟は仲良くせなあかん」

口癖のように言っている母の言葉も思い出された。

統合失調症の人は心の中にアンビバレントな感情を抱くことが多いと言われている。花梨の心の中にも兄に対する激しい憎悪とささやかな愛情の念が交錯していた。本来、愛すべき人を憎まなければならなくなったとき、花梨の心は破綻した。

「ねえねえ、統合失調症の人が相克する感情を抱いてしまう原因はなんだと思う?」

沙織がたずねた。

「百家争鳴、色んな説があるらしいけれど、ある精神科医の説によると、母親が怒った顔をして『おまえを愛してるよ』なんて言って、育てたからだそうだよ。でも、こんな大芝居を演じることは大女優でも難しいね。まず、ありえないことさ。日常的に同時に愛憎を表現するなんて、不可能さ。むしろ、時間をおいて、母親の愛憎がしょっちゅういれかわるということはありえるね。つまり、テストでいい点をとった時は『すごい、○子ちゃん、ごほうびよ』とか言って、高価なものも買ってくれる。ところが、ひとたび、悪い点をとろうものなら、不機嫌きわまりなく、『こんなばかな子を私は産んだ覚えはないわよ』なんて、冷たく言い放ち、おしおきをする。こういう母親ならそのへんにごまんといそうだ」

「そうよね。ママがそうだった。国立大学の付属中学を受ける前まで、私は本当に優等生で頑張っていたのよ。学校のテストなんて、簡単だから、百点のオンパレード。その時、ママはとっても私を愛してくれていたわ。自慢の娘だってね。ところが、付属中学の入試に失敗した日、ママはヒステリックに泣きわめいたわ。明日から、もうPTAの集まりに出られないってね」

沙織が言う。

「わかる、わかる。統合失調症になる人たちは学生時代は反抗もしない優等生だった人が多いんだ」

「そうだね。偏差値の神様とやらに従順に従い、むちをふるわれなくても、勉強したからね。母親に逆らうエネルギーさえなかったというところが本当かもしれないけれど」

「ハハッ、私たち、呼気が浅くて、みんな声が小さいって言われているから、反抗してたのかもしれないけれど、母親の耳には聞こえなかったのかもよ」

沙織が笑いながら言った。

「母親が時間をおいて、愛憎劇を繰り返す場合もあるだろうし、時と場合に応じて、愛憎を使いわけるケースもあるかもしれない。つまり、外では子どもを愛し慈しみ育てている良妻賢母を演じているが、ひとたび、家の扉を閉じればばってやつさ」

「おれの母親は典型的TPO使い分けの賢母だったね。外では上品で教育委員長なんかやっててさ、一席ぶつんだよ。教育論とやらをね。ところが、どうだい、家に帰ると、飯は作らない、掃除はしないで、ヒステリックに子どもにどなりちらすだけ。浩二さんがこんな成績だから、私、恥ずかしくて、外も歩けないのよなんて言うんだよ」

「わかる、わかる。結局、母親の心の中に絶対的な愛がないんだ。相対的な愛なら、あるんだろうけどね。成績の良い優等生のわが子は大好きだけれど、できの悪い子どもなら、台所の生ゴミと一緒に捨ててしまいたいみたいな感覚。この愛の関門を突破するのは並みたいていのことじゃないね」

「イギリスの医学者、デイヴィッド・ホロビンが書いた『天才と分裂病の進化論』、もう読んだ？この本によると統合失調症の人がいる家系には偉業を成し遂げた人が多いんだって。有名な学者や医者の家系にも実は多い病気だと言われている」

「アインシュタインの息子とか、ジェイムズ・ジョイスの娘もたしかそうだ。ドーパミンは快楽の神経伝達物質とも言われているからね。新しいことを創造しようとする時にも大量に分泌されるんだって。まあ、何か新しいことを創造しようとする時、人間はほとんど狂気の世界に突入しようとしているからね。実際のところ、発病前は優秀だった人が多いらしい。それと、恐ろしい教育ママに育てられ、発病しなかった他の兄弟たちは創造的な偉業を成し遂げる可能性が高くなるのかも」

「そうか。でも、精神科医の説がすべて正しいとは限らないね。母原説はもう、古いよ。僕はただ単に、統合失調症の人の心の中に両価性が生じるのは幻聴の仕業だと思っている。幻聴はいつも自分がしたいこととは逆のことを言うからね」

「そうね。たとえば、ご飯を食べたいコトハナイって幻聴に打ち消されたら、ご飯は食べられなくなってしまうわ。私はさらに自分の意思でその否定文をもう一度打ち消すけどね。ご飯を食べたいコトハナイことはないってね」

　エリカが言う。

　友里にも同じような経験があるそうだ。

「食事は生死にかかわる問題よね。でも、私なんか、一日中、私は死ニタイことはないコトハナイことはないって、がんばって自殺願望と闘ってるの」

「単純に文末を打ち消してしまう幻聴がアンビバレントな感情をひき起こしてしまう。僕もやっぱりこの説に賛成だ」

　みなが同調し始める。この場にいるほとんど全員が同様の体験をしたことがあるらしい。

「でも、それは文末にくるまで肯定文なのか否定文なのかわからない日本語だから、できることよね。英語みたいに主語のすぐあとに助動詞や動詞が来る場合はどうなるのかしら。アメリカ人はどんな幻聴を聞いているのか、調べてみる必要ありね。もし、統合失調症の人たちがアンビバレントな感情を抱いてしまうことが世界共通の事象ならね。たとえば、一端、肯定文で終わっても、接続詞のbutが出てきて、次の文が否定文になるのかしら」

「文法は世界中の言語特有のものがあるけれど、むしろ、日本語みたいに文末にくるまで、動詞がなかなか出てこない語順のほうがまれなはずだ。日本語は最後の最後まで聞かないとyesかnoかわからないアンビギュアスな言語だからね」

「そうね。この曖昧模糊としたゆる〜い文法の中で英語みたいにはっきりものを言う幻聴とつきあうことは日本人の私たちにはなかなかしんどいものがあるわね。幻聴は容赦なく結論をくだす西欧社会が生み出した産物じゃないかしら」

「ただ、統合失調症は文明にかかわりなく、百人に一人が発症するという病気だろう。そもそも、プリミティブな社会において、幻聴がその人の人生を大きく、狂わすことは少ないのかもしれないね。高度な文明社会では一分のミスも許されないことが多々あるだろうけれど」

「私、退院したら、海外に行って、色んな国の人たちの幻聴の聞こえ方について研究してみたい」

「幻聴については十何年つきあっていてもわからないことが多すぎるんだ。やつらの侵略の仕方は巧妙だから、用心しなくちゃならない」

浩二が言う。

「そうそう、たいていの場合、はじめは第三者の声が聞こえる。つまり、実在する他人の声だ。このことに異論はないよね」

「ない、ない」

「僕は電車に乗っていた時、5メートル以上はなれたところにすわっているカップルが、僕の悪口を言っているのが聞こえたんだ。『あいつ、生意気そう。それに変な顔してるね』って」

祐樹が思い出したように言う。

「私もそう。家にいるのに会社の上司の声が聞こえてきたのよ。『君、この書類、なってないよ。何年、庶務課にいるの。もう明日から、会社来なくていいよ』って、それで、次の日から、本当に会社に行かなくなったのよね。それで、一週間、無断欠勤したら、首になっちゃった」

沙織も自分の体験を話してくれた。

「私は買い物をしていた時、近くの子どもが、私のこと『太ってて ぶさいくな女』って言うのが聞こえたのよ。でも、よく考えれば、知らない人にいきなり、そんなこと言うわけがないよね」

「そうだ。幻聴はたいていの場合、一番最初は実在する人物の声で三人称の形をとる。he, she, it, theyだ。彼が彼女がそれが彼らがそれらが、自分の悪口を言っている声が聞こえてくる」

「このあたり、非常にリアリティがあって、みんなころっとだまされてしまうんだ」

祐樹も同意する。

「でも、itとtheyってなに？　それとか、それらが悪口を言うなんてあるの？」

エリカが尋ねる。

「人にもよるけど、僕にはあった。僕はクーラーの吹き出し口から『おまえはいらん、おまえはいらん』って声が聞こえてきた」

「あー、私もあったよ。フットマッサージャーの回転音がブスブスっていうのが聞こえた」

「これはまあ、機械の音なんかが疑似的に言葉になって聞こえてしまう現象だろうね」

「そうそう、でもこの第三者的な声はそう怖くはない。人から悪口を言われたぐらいでは人はなかなか死なないからね」

浩二の説では幻聴はある一定のパターンをとって、変化していくのだという。

「第三者的だった声はだんだん、患者との距離を縮めていく。『あんなやつ死んだらいいのに』ぐらいでは患者は死なない。すると次は二人称youに変化するんだ。つまり、命令文になって、『死ね、死ね』とか『プラットフォームから飛び降りろ』みたいに脅迫的になっていく」

「私もあった。この『死ね』の嵐に巻き込まれて、何度も逃げ回ったし、リストカットもしたもの」

エリカが怯えた表情で言う。

「この第二期に入ると厄介だ。この『死ね、死ね』のスコールはたいてい、24時間連続で続くからね。患者はこのとき、命令形の幻聴によって自分の意志にかかわりなく、幻聴に殺されてしまう場合さえある」

「私もこのとき、閉鎖病棟に5か月、入院してた。なんとかこの精神戦を戦いぬいたけれど、本当に怖くって、大人でもみんな泣いちゃうんだよね」

「ところが、どうだい。僕たちはこの命令形の幻聴と闘って、生き残ったから、ここにいるんだよね。その次の症状として［本の先読み体験］という不気味な幻聴が現われてくる。これは、みんな経験あるよね」

「ある、ある。本とか新聞を読んでいると、声が一緒についてきて、読むんだ。すごく、怖くて、本も新聞も読めなくなった時期があった」

「本を一緒に読むようになった幻聴は巧みに患者の思考の中にしのびこんでいく。本を一緒に読むようになった瞬間、他者だった声が患者自身の声と合体したわけさ」

「そうなのか〜、私はこの［本の先読み体験］っていう症状にいったいどういう意味があるのかよくわかってなかったんだよね」

沙織がうなずく。

「そうだ。すると次のステージにはいる。二人称だった幻聴はもっとも恐ろしい一人称幻聴へと姿を変えていくんだ。医学用語では［思考化声］と言われている幻聴にね」

「思考化声ってなに？」

花梨も知らない医療用語だ
「思考化声を文字通り解釈すれば、自分の考えが声になることという意味になるだろうね。でも、これは間違っている。自分自身の考えが声になったとしても、何ら恐ろしいことはないからね」

「そうよね、私だって、今日のおやつはティラミスにしようかパンナコッタにしようかなんて考えながら暮らしているもの」

甘いもの好きの友里が口をはさむ。

浩二の説は続く。

「つまり、［思考化声］なんて医学用語は不適切だってこと。［思考化声］は一人称幻聴か、自分の考えと一人称幻聴のミックスちゃんぽんである場合がほとんどなんだよ」

「わかった。それで、『死ね、死ね』と命令形だった幻聴はついに患者の意思をのっとり、『私は死にたい、死ぬのは自分の運命だ、明日の朝5時に自殺を決行しよう』なんて言い出すのでしょう」

友里がくりっとした目を輝かしながら言う。

「そのとおり、『あんなやつは死んだらいいのに』と三人称だった幻聴は次に『死ね、死ね』という二人称に進化し、それでも患者が死ななければ、ついに患者の意思をのっとり、一人称へと姿を変えていく。一人称幻聴になると、しっかりした病識があっても、なかなか幻聴を識別することは難しい。二人称までは明らかに他者の声として認識されるから、患者の意思はその声を排斥しようと対立的に働くよね。でも、一人称幻聴だともう、幻聴と自分の意思が合体してしまったわけだから、排斥しようもないわけさ。こうなると、幻聴と心中するしかない」

「うーん、でも私たちみんなここにいるってことはその一番恐ろしい幻聴である［思考化声］と闘って、勝ったってことじゃない」

「そうだ。僕たちはとても運がいい。思考化声までいって、患者が幻聴に殺されなかったとすると、しばらくたつと、幻聴はがらくたに姿を変えてしまう。odds & endsあまりものと残り物みたいな幻聴の残骸のようになるんだ。患者との距離もどんどん離れ、ボリュームも小さくなって、遠ざかっていく。今度はいわば、others 他人になってしまう。今、僕たちはみんなその第4期にいるってわけ。ヒソハソとか無意味な言葉の繰り返しとか幻聴が歌を歌ってたりすることもある。今、僕は単調なメロディの繰り返しが聞こえるだけになってしまった。みんなもそうだろう?」

「そういえば、そうね、もう寛解したって言われているもの。今も時々、二人称幻聴や一人称幻聴もあるけれど、ほとんどの幻聴はごみみたいなものかしら」

「そうそう、壊れた機械とつきあっているような感じだね。壊れたテープレコーダーが頭の中にあって、四六時中同じフレーズを繰り返している。でも、油断は禁物、一端寛解しても、またぶりかえすこともあるからね」

花梨も今は病気が寛解して、みんなと同じ状態になっている。

その時、就寝を告げる音楽がデイルームに流れ始めた。閉鎖病棟では就寝時になると、男子の部屋と女子の部屋の間に分厚いガラス扉が下りてくる。ここで、祐樹や浩二とも別れなければならなかった。

「じゃあ、おやすみ。続きはまた明日」

「おやすみ」

浩二は花梨にウインクして、分厚いガラス扉の向こうに去っていった。

花梨は竹林の中を一人で歩いていた。塾の帰り道、母を喜ばせたくてとったクラスで一番のテストをかばんにしのばせて、月読神社の前を通りかかった時、遠くに兄の姿が見えた。

月の涙のような糸よりも細い雨が降っていた。

「帰り、遅いから迎えにきたぞ」

花梨にかさを持ってきてくれたのだ。このとき、憎むべき兄に「ありがとう」と言うべきかどうか、花梨の心は両極に大きく揺れ動いた。いつも、獣であるとはかぎらない一人の男の中にあるやさしさを幼くして知ってしまっていたけれども、私はこの人に瞬間的には感謝しなければならないのだろうか。

遠くに光が走った。兄の罪を裁くような稲妻だ。花梨のアンビバレントな心はS極にもN極にもぶらんこのように揺れる。

こんなときの兄はまた、信じられないほどやさしいのだ。

「あ、ありがとう」

そう言ってしまう自分が悲しかった。

「光は、光はどこ?」

霧雨のなかに虹のような光が見えた。手を伸ばして、その光をつかもうとすると虹は神社の鳥居の向こうに消えた。

目が覚めるとそこはいつもの病室だった。

今日は花梨の誕生日だった。正午を過ぎるころ、ようやく気付いた。エリカがたずねた。

「ねえ、ねえ、なにかほしいものある? お花とか」

「う〜ん。お花はすぐに枯れてしまうから、余計にさびしくなってしまうの。できれば、一番ほしいのは光の華かな。虹色の光をたばねて、スペクトラムみたいにして、一か所に閉じ込めて、そして、私の心の器に生けてちょうだい。その花はずっと枯れないでしょう」

「相変わらず、むずかしい注文をするんだ、花梨は。でも、気持ちはわかるよ。親から大事なものをもらいそこねた人がここにはいるんだものね」

裕福な家庭に育ったエリカは物にはすぐ飽きたという。親からもらったきれいな洋服やぬいぐるみ、宝石なんかも一週間分の幸福しか約束してくれない。だから、次の一週間分の幸福をまたお金を出して、手にいれるのだ。

その繰り返しを永遠に続けていくことができるぐらいお金持ちだったから、さらに不幸は長く続いた。家族を家につなぎとめておく餌がお金以外にはなかったのだから。

エリカの家はやがてあふれかえる物でうずめつくされ、床が抜けてしまった部屋もあったという。そして、ママのドレスやくつが今日はやけにちらばっていると思っていたら、その日からもうママは帰ってこなかった。

次の日、学校から帰ってくると、家じゅうの物という物に赤い札がはられていた。家には見知らぬ男がいて、そこに家族の姿はなかった。いつのまにか、傾いていた父の事業が破たんして、一家は離散した。

エリカは次の日から、生きるために働かなければならなかった。町をてんてんとした。年をごまかして、立ちんぼもした。

「体は売っても心は売らない」なんて女の場合は不可能に近いことなのに、「体の芯まで汚れた男の体液を吸って、そして、夜しか咲かない月下美人の花を咲かせていたの」

エリカはいつもこの時のことを話すと泣くのだ。

「ほんとうは今が一番幸福なのかもしれない。せまいけれど、ベッドがあって、三食ごはんを食べることができて、それになによりここでは不法侵入の心配をする必要がないもの。他人だけれど、ここにいるみんなは塀の外にいる人よりずっとやさしいよ。ここにいる人たちはだれも傷つけたりしないよね。むしろ、誰かに傷つけられた人たちがお互いの傷をなめあって、社会の冷たい仕打ちから回復しようとしている。ああ、ほんとうに私たちに犯罪を犯すだけの勇気と力があったなら、こんなところには絶対にいない」

本当にエリカの言うとおりだ。もし、私があの時、兄を刺し殺すだけの勇気と力を持っていれば、こんなところにはいないだろう。私は兄に逆らうには幼すぎたのだ。ただ、泣くことしかできなかった10歳の愛しい自分、花梨は自身の体を抱きしめ、慰撫してやりたかった。

もし、私がここを退院して、行方不明になっている兄に再会して、兄を殺したら、私は死刑になるのだろうか。女性が男性に強姦されそうになったとき、もしそばにナイフがあれば、相手の男を殺してもそれは正当防衛で罪に問われることはないはずだ。

私たち精神病の人がもしも殺人を犯したとしても、ひょっとするとそれはほとんどの場合、〝時間差のある正当防衛〟なのではないだろうか。

精神障害者の犯罪被害者は家族や身内の者であることが多いと言われている。家庭内の犯罪は明るみに出ることもなく、静かに深く進行していく。そして、心を病んだ被害者がある日突然反逆に出たとしよう。たとえば、自分を虐待したり、ネグレクトした親を精神病の子どもが殺したとしても、世間の人は口をそろえて言うのだろうか。

「やっぱり精神病の人は怖いわね。殺されたお母さんがかわいそう」って。

家庭内の犯罪は露呈することが少ない。初めに加害者だった者が被害者の怒りを買い、ついに被害者に殺されたとしても、それは因果応報、当然の報いなのではないだろうか。

統合失調症という病気はひょっとすると神様からの恩赦なのかもしれない、花梨は思った。

「あなたはもう相手の人を殺してもいいのです。あなたは心神耗弱になるくらいの大きな心の傷を受けた一番最初の被害者なのですから」

正当防衛は〝その時〟にしか許されない行為なのだろうか。子どもを殺された親が加害者を殺せるチャンスはたった一回しかないのだろうか。相手の男が子どもを殺そうとしたその瞬間だけにしか許されない正当防衛という行為を幼い子どもや力の弱い女性やお年寄りに行使せよということ自体に無理があろう。

正当防衛で加害者を殺すためには被害者の腕力が加害者より勝っていなくてはならない。

しかし、現実にはほとんどの犯罪において、加害者は自分より力の弱い者をねらうのではないだろうか。正当防衛なんて有名無実の弱者を守る法律なんだ。花梨は握力のない自分の小さなこぶしに悔しさをこめて力を入れてみた。正当防衛という唯一の被害者を守る法律は実はほとんど行使されたことなどなかったのではないだろうか。あの時、あの場所に今の状態でもう一度戻りたい。

花梨の心は怒りにふるえていたが、10歳の子どもにいったい何ができたというのだろう。

私がたとえ兄を殺しても、それは〝時間差のある正当防衛〟、ただ、このことを社会に訴えても、決して無罪になることはないのだ。情状酌量でせいぜい刑期が3、4年縮まるにすぎない。なんて理不尽な！　強者に味方する法律はいつも加害者のプライバシー保護を優先させてきた。性犯罪の被害にあった多くの女性はプライバシーを暴かれることを恐れ、泣き寝入りするしかないのだ。

「強ければいいのね」犯罪被害にあうような弱くて運の悪い人たちは捨ておかれる、この閉鎖病棟の中に。

精神障害者の加害行為は過去の自分が受けた仕打ちに対する復讐。ただ、その復讐の相手が初めに自分に加害を与えた相手であるとは限らないところに問題があるのだと花梨は思った。

私だって成人した男を殺すことはできなくても、10歳の男の子なら殺すことができるかもしれない、花梨はふと思った。もちろん、このことを実行に移すつもりはないけれど、兄に対して果たせなかった復讐をもっと体力的に弱々しい男に対してなら、果たすことができるかもしれないのだ。しかも精神病という病を隠れ蓑に使って。

エリカが微笑んだ。

「今夜、花梨にサプライズがあるって」

「えっ、なに？」

しばらく、デイルームに行っていたエリカがいつのまにか戻ってきていた。

「花梨のほしいものをみんなで探しに行くって、浩二たち、さっき出かけて行ったよ。二時から五時までの間に光の華を捜してくるんだって、お楽しみに」

「ほんとうに？　そんなもの見つかるわけないって。冗談で言ったのに」

でもみんなで探しに行ってくれたことがうれしかった。

閉鎖病棟にいる人たちは優しすぎるのだ。他人のために自分の心や体を犠牲にして、それでも微笑みを忘れない彼らは、人間ではなくなってしまう病気になってしまった。でも、そのことはすなわち一歩神に近づくことができた証であるのかもしれない。

私は決して兄を殺すことはないだろう。もちろん、見ず知らずの10歳の男の子も殺しはしない。それどころか、どこかでまた兄に会えば、

「お兄ちゃん、どうしてたの？　心配してたんだよ、母さんも私も」

と言うのだろう。

そして、泣きながら微笑んで、兄の好物だったばら寿司やカレイの煮付けなんかを喜々として母と一緒に作るのだろう。その時の光景が瞳の奥に浮かんだ。

10歳の男の子に対しても、愛と慈しみを持って接するのだ。現に隣の小児精神科病棟にいる10歳の大樹に花梨はいつもキャラメルやチョコをあげているではないか。アルコール依存症の父のＤＶによって傷つけられた大樹の体にはやけどの痕や無数の傷跡が残っていた。かわいそうな大樹に復讐の刃を向けるわけにはいかない。

この閉鎖病棟にいる人たちは自分を傷つけた加害者を殺す代わりに自分自身を殺した人たちなのだ。殺人はいついかなる場合においても許されざる犯罪行為なのだから、どんなにひどい目にあわされても、加害者を殺してしまうことは合法的ではない。だから、相手を殺せない代償行為として、自分の心を殺さざるをえなかったのだ。私もエリカも沙織も友里も浩二も祐樹も……

肉体を滅ぼす行為に対しては厳罰が課されるが、魂の殺人を裁く法律などどこにもなかった。

この精神病棟の真実はメディアを通じて一般の人に伝えられることはない。仕方がないので、私たちは微笑むのだ。微笑みというヴェールでこの殺された心をおおいつくし、悲しみと怒りの洪水に押し流されそうになっても、小さな小さな優しさという小石で怒りをせき止め、理解不能な笑顔を見せている。

空笑《くうしょう》せざるをえないほどの私たちの悲しみをわかってほしいと思った。

ケッケッケッと笑え／カッカッカッと笑え
どうせ僕らの空笑は／正体不明

クックックッと笑え／キッキッキッと笑え

黄色いシャツ着た兄さんに／手を振るばかは／どこにもいない

しくしく笑え／めそめそ笑え
笑顔はいつのまにやら／涕泣に
さめざめ笑え／わんわん笑え
涕泣は／いつのまにやら／号泣に

幻聴がざわめくように即興の詩を奏でた。

水色の絵具をとかしたような空に薄桃色が少しずつにじんでいく。小さな小さな空だったが、それは四角い窓ガラスを一枚のキャンバスに見立てれば、グラデーションの抽象画のような美しさだった。遠くでカタカタという食器の揺れ動く音がした。カートに乗った無味乾燥な大量のえさがもうすぐ私たち家畜のところに運ばれてくる。それと同時に浩二たちのにぎやかな靴音が聞こえてきた。ひさしぶりに聞いた笑い声だった。

「ゲッツー、ゲッスリー」

それは小さいころに聞いたことのある兄のはしゃぐ声にも似ていた。

甲虫だか、アゲハ蝶だかをつかまえるのに夢中になって、時間のたつのも忘れ、夕飯を過ぎるころになって、帰ってきた兄は、母に怒られても、自分がつかまえた収集物に夢中だった。あのときの兄の無邪気な笑い声が花梨の頭の中にこだました。

「ゲッツー、ゲッスリー、ゲッフォー」

そうやって、昆虫をつかまえるのに夢中になるように大きくなると今度は女をつかまえるのに夢中になる。男のどうしようもない性なのだけれど、花梨は自分があの昆虫採集の標本の中に収納されたピンで止められたアゲハ蝶の一羽であったことをまた、思いだしたのだった。

花梨の天性の美貌は、男たちを屈伏させる武器にもなれば、男に殺されるかもしれない致命傷にもなる。自分が美貌という武器に気づき、それをうまく操ることによって、男たちを屈伏させ、楽に人生をわたっていけるようになる前に、殺されてしまったことが残念でならなかった。

私が私の私であったとき／私は私の私を愛していた

ところが、ある日、大学病院の待合室で／順番を待っていると
突然、移入教授が参入し／私の医局は乗っ取られた
外様大名が天下をとれば／自分の脳でも治外法権
絶対君主の命令に／屈伏するのか、医局員
ジッツ[注]拡張、精神分裂／ジッツ拡散、細胞分裂

私が私の私を　私の物から奪い去り
私が私の私を　私の物から引き離し
（自由に格変化！）
私が他の誰かの私を　私の物に連れてきて
私が他の誰かの私に　私の物を引き渡す
（自由に核変化！）

ジッツ拡張、精神分裂／ジッツ拡散、細胞分裂

※注　ジッツ：医局内におけるポスト

幻聴がおかしな歌を歌っている。

ああ、私は私の私を取り戻したいのだ。他の誰かの私ではなく、紛れもない自分自身である私をもう一度、この美しい肉体に宿したいのだ。

主のいなくなった美しい体は死体と同じぐらいの価値しかなかった。なんのために美しく生まれたのか、さらに聡明であったから、より、不幸になったのだ。母の自慢の娘は非行にも走らず、優等生の仮面をかぶったまま、成長してしまった。兄を攻撃したり、母に逆らったりするだけのエネルギーさえ持たない脆弱な精神は自死を選ぶしかなかったのだ。

アルマイトの食器に盛られたえさは砂のような味がした。幻味だろうか。アスパラガスに苦味さえ感じる。チキンのガーリックソテーらしきものは脂ぎっていた。今夜のサプライズは本当に花梨をサプライズさせてくれるのだろうか。この吐き気に勝るサプライズであってほしいと願うばかりだ。

ただよってくるのは花の香なんかではない。いつものようにどぶ川の臭いだ。幻臭だろう。そのことがわかっていても、食事時に幻臭や幻味が現れると、とても食べることなどできなくなる。二口、三口、食べて、花梨は洗面所に駆け込んだ。のどもとの所で食べ物を口に押し戻す体感幻覚を感じた。

オエッ　さっき口に入れたアスパラガスとチキンが再び口中にあるのを感じる。苦味と油味が混然として、機械油のような味がした。この気持ちの悪さはどうやって、言葉で表現すればよいのだろう。幻聴や幻視はともかく、のどぼとけがゴボッと動き、食べ物を飲みこむことができない体感幻覚は形容しがたい不気味さで、〝死〟への行進曲を奏でていた。

唯一、食べることができそうなサラダにフォークを突き立てたそのときだった。幻聴が歌い出した。いつもの歌だ。

言葉が羅列だけになった日／私のサラダ記念日
言葉のサラダ[注]たくさん食べて／胸が悪くなっちゃうよね
助詞がなくても／言葉は生きてる
勝手に踊りだせよ／言葉のサラダ

胸が悪くなろうが／戻そうが
ゲロの中でも／言葉は躍り続ける
らんらんらん／るんるんるん
雨の日でもお天気の人が／いたならば
言葉のサラダ／食べ過ぎて
胸が悪くなりそうな／みんなの嫌いな人たち
雨の日でも踊り続けるんだ／言葉のサラダ
ああ、腹いっぱいになるまで

※注　言葉のサラダ：精神病の症状で、言葉が支離滅裂になること

花梨は手に持っていたフォークを元の場所に戻した。

看護師が近づいてきて、言う。

「岡本さん、もっと食べないとだめよ。体重40キロ切ったら、退院は当分おあずけよ」

体重40キロ切ろうが切るまいが、永遠に退院できないことはわかっていた。母が再婚して、今は幸せに暮らしていることを考えると、花梨の帰っていく場所などどこにもないように思われた。身元引受人のいない患者たちは、病気がよくなっても、ここを出ていくことはできない。人目を気にする恥の文化を培ってきた日本人にこの効率優先の現代社会の中で、狂人を受け入れ、温かく見守っていく

寛容さはどこにもなかった。

私たちは生きたまま葬られる。たしかに私は生きている。呼吸をし、なんとか飲食し、排便し、かろうじて睡眠をとるという意味では。ただ、肉体だけが生かされた生はときに本物の死より、大きな苦しみを患者にもたらすことがあるのだ。

辛い記憶を反芻し、毒の味がする食べ物をまた反芻する。こうして、真綿で首を絞められるようにじわじわと幻覚に殺されていくのであれば、いっそのこと、一思いにあの世に逝った方が楽なのかもしれない。


花梨のうしろで声がした。

「詩の発表会、今日もする？」

エリカの声だ。夕食後の手持ちぶさたの時間を埋めるために、だれからともなく始められた詩作りだった。

毒の味のする夕食をこれ以上食べることはできない。冷たいお茶を一口飲むと、花梨はトレーを片づけた。食後のコーヒーはかろうじて、飲むことができた。食堂にあるインスタントのコーヒーにスプーンで砂糖を2杯入れた。コーヒーの苦みが幻味の苦みに打ち勝ち、ブラックの液体はなんとか花梨ののどを通過していった。けっしておいしくはない。けれども、幻味に優る苦味が唯一コーヒーであることを考えれば、この飲み物を日本にもたらした誰かに感謝せざるをえない、そんな気がした。

浩二がいつものようにテーブルの真ん中にすわった。今回のテーマは理数系に強い浩二らしい発案だった。

「だいたい、文学が独立して、文学であるということ自体がおかしいんだ。文学は歴史や心理学、社会学、経済学、数学や天文学、地質学とさえどこかでつながっている。すべての学問を融合したものが文学であるはずで、今まで、理系の学問と袂をわかっていたのがおかしいと思わないか？」

というわけで、今回は詩の中に理数系のメタファーを必ずいれることが課題であった。

「でも、私、難しいことはよくわからないもん」

と言いながら、エリカが自作の詩を朗読し始めた。

「A＝B or A≠B」

男ははたしてキスだけで
とどまることができるであろうか
A＝Bの男にとって
A＝Bではない女の体は
理解しがたい
AからBへ移行するとき
女はさらなる愛の証を求める

Bからへ移行するときには
確信に近い愛の証が
さらに必要である
A＝B＝Cの男にとって
A≠B≠Cである女とつきあうことは
かなり、面倒なことである
かくして
男と女の恋愛進行速度には
かなりの隔たりがあり
常に誤解、すれ違い、破局の恐れなど
多くのリスクをはらんでいる
「僕は先にいくよ」と
滑り台をすべりおりる男の前で
女は踊り場にたたずむ
しかし、この速度差こそが
恋愛の醍醐味なのかもしれない
そして、A＝B＝Cの男の性本能は
しばしば、EPC（浮気）を成功させ、

人類を進化させた。
だから、A＝B＝CはBC（biologically correct）
なのだ。

「その詩は女性的な視点から、恋心を歌っているよね。でも、男なら、こう思うだろうね」
浩二が即興で詩を朗読し始めた。

「空間ベクトル」

私はベクトル
あなたへと向かうベクトル
山も谷も越え
時間も空間もこえて
あなたへと直進する
始点は私
終点はあなた
直立してもベクトル
横になってもベクトル

他のだれとも交わらない
ただ、ひたすら
あなたとの交点を目指し
突き進む
あなたが、私の逆ベクトルであることを
ひそかに願いながら

幻覚があっても
妄想があっても
このベクトルは
折れない
曲がらない
ねじれない

情熱的なベクトル
直情的なベクトル
単一的なベクトル
独占的なベクトル

「まあ、男はやることしか考えていないから、こんなもんでしょ」

浩二は悪びれずに言った。

「じゃあ次は私の番」

ふだん無口な沙織が珍しく、自分から発言した。


「仮分数」

この病気の人は、心が仮分数なんだな
4分の7みたいに頭がでっかすぎるんだな
普通の人は帯分数なんだな
1と4分の3みたいに
落ちついているんだな
ああすれば、こうなる、
こうしたら、ああなって
ああなれば、こうなるみたいに
考えてたら、しんどくて、
生きていかれへんのにな

いっつも仮分数なんだな

普通の人は四捨五入なんだな
どうでもいいことは、
はしょって生きているんだな
この病気の人は端数が気になるんだな
どうでもいいことが
切り捨てられないんだな
せめて、二捨三入ぐらいで
生きていかんとしんどすぎるのにな

普通の人は十進法ぐらいで
生きているんだな
もっと単純な奴は二進法なんだな
でも、この病気の人は二十進法なんだな
なかなか、位が上がらないんだな
私がこう言ったら、
あの人がこう思うやろうし

あの人がこう思ったら、
この人が傷つくやろうし
この人が、あの人が、
この人が、あの人がで
ぐずぐず言うてるから、
いっつも心が重量オーバーなんやな

「いい詩じゃない？　頭のでかい人を仮分数にたとえる発想がユニークだよね。それに、この病気の人の特徴みたいなものをよくとらえているよね。私は唯一得意な科目は英語だったから、『不定詩』っていう詩を作ったの」
友里の番だ。

「不定詩」

私は幸福になりたい（名詞的用法）
私には愛すべき家族がいる（形容詞的用法）
私は幸福になるために生まれてきた
（副詞的用法、目的）

ところが、この病気になると
私はできるだけ早く死にたい（名詞的用法）
私には捨てるべきものがたくさんありすぎて（形容詞的用法）
私はすべてをあきらめるために
生きているようなものだ（副詞的用法）

こんなふうに人生は暗転する

人生の幕間に垣間見た
彼らの姿に
私は絶望した（副詞的用法、原因、理由）

このことを知らないことは
不幸だが、
知っていることは
もっと不幸だ

昨日の私も今日の私も
大差ない
人間らしい感情も前のまま
考える力さえ、衰えず
悩み苦しむ力は100倍になった

それでも悲しむ〝不定詞〟は
〝絶望〟がくずれる音をたて
今日も私の頭にこだまする

「友里だけ英語なんてずるい」沙織が不満そうに口をはさむ。
「じゃあ、おれは物理が好きだったので、『幻聴のドップラー効果』でいこうか」祐樹の朗読が始まる。

「幻聴のドップラー効果」

救急車が近づいてくるときには
サイレンの音が高く聴こえ

遠ざかるときには、低く聴こえる
この「ドップラー効果」が
幻聴にもあるんだ

初めはソプラノ、甘い声
近づいてくるときには、高らかに
「おまえは天才、何でもできる、
空だって飛べる」とささやいて
有頂天にさせといて
何もかもなくしたころに
今度は低い声でののしりだす
「この能なし、役立たず、
大型ごみは廃棄処分」
なんて見捨てるようなことを言う

おだてられて誇大妄想になり
けなされて、卑小妄想を抱く

高らかにほめたたえ
低くうなるような声でさげすむ
恐るべき幻聴のドップラー効果

一種の悪徳商法のような
結婚詐欺師のような幻聴
二度とだまされまいとするものの
周期的にやってくる
台風みたいな幻聴に

脳の嵐が引き起こされ
躁とうつのビッグウエーブが
今夜も私に訪れる

私は幻聴を通さない絶縁体になりたい
せめて、ネガティブなN型半導体でなく、
良い声だけを通すポジティブなP型半導体になれたなら

けれど、人間の体は電気も声もよく通す導体で
いつまでも、幻聴は
喜びの声をあげ
高らかに私の体をつきぬける

「私はできるだけ肯定的な詩を作ろうと今回は努力したんだ」
花梨はみんなを励ますつもりで言った。

「過去の自分∧現在の自分∧未来の自分」

まじめに生きていれば
過去の自分∧今の自分∧未来の自分
みたいに
少しずつ成長していく

けれども、統合失調症になってしまったら
過去の自分∨今の自分∨未来の自分
場合によっては

過去の自分≫今の自分≫未来の自分
みたいになって
自分の未来が
どんどん小さくなっていくのがわかる
どんどんダメになっていく自分を
見るのは辛かった

でも、私は詩を書くことによって
少しずつ元の自分を
取り戻した
もう一度人生をリセットしたい
過去の自分＜今の自分＜未来の自分
そんなふうに未来が良くなることを
願って、詩を書き続けていく

「今回はなかなかいい作品が集まった」

浩二はいつも以上にご満悦だった。

「最後に花梨の27歳の誕生日を祝ってみんなでハッピーバースデイを歌うってのはどう？」

5人のか細い声が一つになり、同じメロディを奏で始めた。歌が終わるころ、突然デイルームの明かりが消された。そして、2秒後、再び、明かりがつくと、花梨の目の前に大きな包みがあった。

「サプライズ!」

浩二がはしゃいで言う。

「ありがとう」

ケーキもごちそうもないささやかな誕生会だった。

お金は病院側が管理していたし、一度に渡される金額は小学生の小遣い銭にもみたない額だったから。

でも、花梨は心底うれしかった。大きな包みだったが、手に取ると、思ったよりも軽かった。

「今夜、消灯の時刻を過ぎてから、ベッドの中で開けてみて」

沙織が囁いた。

就寝の時刻を告げる音楽が流れ始めた。節目のない時間がとけて、暗闇の中に吸い込まれていく。

そんなけだるさのする音楽だ。テンポが少しずつ遅くなり、ゆっくりと音楽は止まった。

「それじゃ、おやすみ」

花梨は大事そうに包みを抱えて、ベッドの中にもぐりこんだ。すぐに部屋の明かりが消された。包みは二重に包装されていた。花柄の包装紙を取り除くと、黒いラッピングペーパーが顔をのぞかせた。中でカサカサという音がする。四角い大きな箱の中で何かが動いている。箱のふたをとると、なんと中には虫籠が入っていた。そして、その中には十数匹のホタルがかすかな光を放ちながら、ふらふらと頼りなげに飛んでいる。

三角錐の虫かごを頂点を下にして持つと、本当に光の花束のようだった。ひとつの光は数秒たつと、暗闇の中に吸い込まれ、また別の光が輝き始める。数秒おきの光の饗宴が暗闇の中で繰り広げられている。

「きれい」

花梨は思わず声をあげていた。すべてがはかない光であったけれど、十数匹の蛍が群れなす光の華は今まで彷徨してきた自分の人生の軌跡に散りしかれた涙のようにも思えた。

数日間の命を終え、すぐに水に帰っていく蛍の運命がかえって辛い境遇にいる人間には羨ましく思われる。この閉鎖病棟の中にいる仲間ならわかってくれるだろう。数多くの辛酸をなめる前にむしろ蛍のようにはかなく命を終えることができたなら、どんなに幸福だったろう。この苦しみの吹きだまりに流れこむ前に風花のように空に散っていたら、どれほど幸福な人生だったろう。きっと誰もが同じ夢を描いているはずだ。

蛍は数分間花梨のシーツの中を群れ飛んでいた。花梨はそっと虫かごのふたをはずした。十数匹の蛍はそろそろとかごの中から飛び出し、またふらふらと部屋の中に散っていった。光の風花のようだ。光の華がまたたくまに花梨の頭上に散った。やわらかく、あたたかな光だ。白熱灯のようなきつさのない自然の光の花が三々五々、群をなして飛んでいる。

「さよなら、私の人生、さよなら、私の過去の暗闇よ」

みんなの温かい愛の花によって花梨の心の傷口にうすいかさぶたができたような気がする。このかさぶたはまた誰かが乱暴に触れれば、はがれおちてしまうたよりげないものだったけれども、ないよりはずっとましだった。

深い傷口をぱっくりとあけたまま、そこに塩をすりこまれるような痛みを四六時中感じて生きてきたのだから。花梨は眠ろうと目を閉じた。

さっきまで雲に隠れていた月が顔をのぞかせた。

カーテンのない月明かりの射すお粗末な暗闇の中で眠剤だけを頼りに眠りのドアを手探りしている。

ここでもない、そこでもない、どこにもない安眠の世界。

突然、天井から声がした。

「おまえの体は汚れている」

「いいえ、私の体は汚れてなんかいない。罪を犯したのは兄なのだから」

頭の中で花梨は答えていた。

私はいつの日かここを退院して、愛する人と巡り合い、《オマエノカラダハケガレテイルノデ、ソレハデキナイ》幸福な結婚をするのよ。《オマエハアニノコヲミゴモリ、》いいえ、私は《アニノコヲシュッ》罪なんか犯していない。《サンスルノダ。》私は無垢な子供だったのに。《オマエハジゴクニオチルダロウ。》私は人生の被害者なのよ。《アスノアサニハオマエハシンデイル。》そんな、《イイヤ、》私は《オマエハ》まだ死にたくない。《シケイニナル。》27歳で自殺するなんていやだわ。《アスノアサゴゼン5ジ9フンニ59ロウサンダ。》もう一度人生をやり直したいの。《ソレマデニイショノジュンビヲ。》許して、《サア、》お願いだから。《ハヤクカケ。》

幻聴との対話ははてしなく続いた。眠剤が効いてくる午前1時ごろまでこの地獄の責苦は続くのだ。

花梨の頭は破裂寸前の風船のように張りつめていた。割れるように痛い頭なのに傷や腫瘍があるわけではない。この精神的な拷問は３６５日休むことなく、繰り返される。

「誰か、このこわれたテープレコーダーを止めてちょうだい」

花梨は暗闇の中で叫んだ。頭の中にあるこのこわれたテープレコーダーを止めるには自分も死ぬしかないのだ。

幻聴といっしょに心中するか、さもなくば死ぬまで続くこの拷問と共に生きていくか、道は二つに一つしかなかった。

花梨は昼間、浩二たちが買ってきてくれた缶プリンのふたを大事にとっていた。そして、シーツの中で左手首にプリンのふたを強くこすりつけると、浅い傷ができ、うっすらと血がにじんだ。すばやく、右手に持ったタオルで手首を押さえる。これぐらいの傷ではわずかな痛みしかない。しかし、瞬間的な肉体の痛みが恐ろしい幻聴の痛みに勝る場合がある。

死のうとする過程が花梨の心の苦しみを一時的に解放してくれる。このままで生きているわけにはいかないが、死ぬこともできない場合、人は死にゆくプロセスを何度も繰り返し、たどるしかないのだ。

花梨の左手首にある無数のためらい傷はそのことを物語っていた。この傷はエリカの手首にもあるし、浩二の手首にも沙織の手首にもある。痛めつけられた魂が自分だけ苦しむのは不公平だと肉体にも同じ罰を与えた。魂が苦しんだ数と同じ数だけの肉体の傷を持つ私たちはあの世からの使者なのだろうか。本来、生まれてくるべきではなかった苦しみしか知らない魂は、この世に出て、息つぎだけし、また深く潜り、あの世の海に帰っていくのかもしれない。

花梨の肉体は確かにこの世に存在してはいた。だが、魂は彼岸のかなたにある。体だけが形而下的な存在だとしたら、私の魂はすでに悪魔に売り渡され、地獄の炎で焼かれてしまっている。

花梨は自分のことを〝砂漠のばら〟(desert rose) だと思った。地下水や川など水があった所が蒸発して、残った成分が結晶化して成長していき、砂漠の中で形勢の整った美しい花状の結晶が誕生する。本来は水と大地と太陽が作りだした芸術品なのだろうけれども、そこに生命の息吹は感じられない。

花梨の目鼻だちの整った美しい顔はバラの花のようだったけれども、私の体は$CaSO_4$と$2H_2O$でできている。彫刻のようにかたまった動かない死んだような瞳と砂のようにぼろぼろとくずれていく薄い唇が悲しかった。固い、冷たい陰性症状(感情の起伏や表情が乏しくなる精神病の症状)が表出した美しい顔にふと笑みがこぼれた。

空笑だ。悲しみや苦しみを通り越した向こうにある実体のない笑いが口元からこみあげてきた。

「ふっふっふ」こんなことを繰り返している自分は愚かなのだろうか。自分を嘲る笑いともいえる空笑。

「ハーハーハ」

花梨の声が高くなった。暗闇の中の蛍と一緒に笑い声が四方八方に飛んだ。

「アーハッハッハ」

静寂の中にこだまする恐怖にも近い笑い声。

苦しみや痛みを超越し、敢然と笑うことによってしか生きていくことは不可能なのだろうか。

花梨は涙を流しながら、笑っていた。「痛い、苦しい、辛い、そして終わりがない」闇の中にぽんやりと人の姿が見える。

兄だ。頭を垂れ、花梨にわびているようにも見える。

「花梨、ごめん」

天井から兄の声がした。白い髑髏のような死神の姿も見えた。大きな鎌を持ち、兄の後ろにかまえている。

「おれは先に行く」

兄の体が宙に浮いた。そして、窓のほうに向かったと思うと窓ガラスをすりぬけ、空に向って雲散霧消していく。細かい光の粒が桜の花びらのようにヒラヒラと舞いながら、病室に散り敷かれた。それは、よく見るとキラキラ輝く宝石のような小さな天使だった。光り輝く天使たちは蛍といっしょに室内を乱舞していた。

この世のものとも思えぬ美しさだ。ダイヤモンドのようにきらめく光の天使たちが蛍といっしょに群れ飛ぶ姿を花梨はしばし呆然と眺めていた。天井にはオーロラのような光のカーテンが揺れ動いている。

〝光の華〟天使たちがきらめく小さな羽根をパタパタと動かしながら、花梨の目の前を通りすぎた。

ふと、一羽の天使が花梨の手のひらにとまった。唇も羽根も胴体もすべて光石でできている。

耳もとでやさしく囁くような声がした。

「あなたはもう十分に苦しんだのだから、この世ではなく、あの世でもないその世に生きていていいの。ずっと夢の中にいなさい。その方が正気に戻るより幸福なのだから」

光る天使たちは、また小さな羽根をはばたかせながら、天井に向かって飛び立った。愛に満ちたやさしい光だ。

幼かったときに見た母と兄の優しい面影がそこにあった。慈愛に満ちた眼差しで花梨を見つめる母の温かい柔らかい顔、いじめっ子から花梨を守ろうとする凛然とした兄の立ち姿がそこにはあった。人は過ちを犯す、何度も何度も。でも、それはどんな形にしろ、いずれは許されなければならない。そして、私はとうの昔に許したはずだ。本来、愛すべき人を憎まなければならなくなった時、心は両端にひき裂かれ、ちぎれてしまうのだ。

気がつくと、白々と夜が明けていた。光の乱舞もいつのまにか、夜明けの明るさにとけこんだように消えていた。

ガラガラガラ、朝食のカートを押す音が聞こえてきた。

「夕べも眠れんかったわ」

沙織の声でまどろんだ意識がはっきりと目覚めた。

「花梨も昨日の夜は幸福すぎて、眠れんかったんとちがう？」

「光の花畑を浮遊していたの。恍惚としているうちに夜が明けてね」

「じゃあ、花梨の夢は叶ったってことだ。光の華がほしいって言ってたんだものね」

「うん、小さな光り輝く天使たちが、部屋の中で乱舞する姿はとってもきれいだった」

「そっか、良かった。浩二たちの努力も報われたってことか」

生食パンと牛乳だけの朝食を食べながら、二人は笑った。オーブントースターは一台しかなく、いつも患者たちの奪いあいになる。並ぶことに疲れてしまうので、この数か月食パンをトーストしないで、食べているのだ。生食パンにマーガリンというこのだるい組み合わせに二人ともいつしか慣れてしまっていた。

朝食のあと、中庭に出ると、足元のリュウゼツランの下に幽霊草（銀竜草《ぎんりょうそう》）が咲いていた。白い半透明の体が遠目から見ると、幽霊のように見えることから、この名がある。

沙織に似ている。いつもうつむいてばかりいて、日の当たらない病室ばかりに閉じこもっているから、肌も透きとおるように白い。この花は泣いているように見える。半透明のうつむいた花の先に小さな朝露がついていた。

花梨が花弁にそっとふれると、水滴がポトリと土に落ちた。一滴、一滴、他の花からもまた、こぼれんばかりの涙があふれた。花はいつでも泣いている。ここでは花は笑うことさえできない。

太陽に向かって大輪の花を咲かせるひまわりなんかは似つかわしくない。春には桜の花が咲き、あっというまに散り、夏にはせみしぐれが滝のように降ってくる、秋になれば、風に流れを任せる秋桜、冬には風花が舞う。精神病棟にはこれだけの花しか咲かない。そして、これだけで充分すぎるほどなのだ。

花梨が幽霊草を足でけると、ポタポタと涙を流した。花も花梨の悲しみに同調して、泣いてくれている。自然の持つ優しさに気持ちが今までどれほど救われただろうか。

「かりーん」

室内から沙織の声が風にのって、花梨の耳元に届いた。

「あんまり、外にばかりいると日焼けするよ。中に戻りなよ」

花梨が部屋に戻ると沙織が言った。

「ねえ、ねえ、これ見て。浩二に似ていると思わない？」

そこには今から２・５億年前、古代パルム紀に生息していたといわれる原生イカの祖先、〝矢石〟の写真があった。ゴンドワナ大陸に広く生息していたと言われ、今でもカナダ、アフリカ、中国の古生代地から化石が発見されるらしい。

本当に、矢石の鋭角的でとがった全身が浩二の細いあごに似ていた。目はつりあがり、頭頂部もほっそりとしていたから、浩二は〝原生イカ〟のような顔をしている。

それから、しばらく誰が何に似ているかで話がもりあがった。

花梨は自分のことを〝砂漠のバラ〟だと思っていたし、沙織はやはりどう見ても〝幽霊草〟だ。エリカは〝立ち枯れた紫陽花〟だろうか。七色に花色を変え、かつては華やかに大輪の花を咲かせていたけれど、今は茶色く変色して、でも簡単に散りはしない、そんな紫陽花に似ていると思った。

「おれたちの人生って、大体、立ち枯れた花なんだよ」

浩二がまくしたてた。

「枯れたのなら、いっそ潔く土に帰りたいね」

「そうだよね、普通の花って枯れると同時に散るじゃない。でも、紫陽花の花は一番しつこい。冬になってもその醜い姿のまま、庭先に咲いている。私たちだって、一番苦しかったあの時、命を絶っていればよかったのよね。でも、死にそこなってしまった。そして、立ち枯れた花みたいな中途半端な生を生きざるをえなくなったというわけ」

「格好悪いと言われれば、それまでだけど、プリザーブドフラワーにも生きてる意義はあるかもしれないよね。世間の人に対するアフォリズム（警告）という意味あいにおいてね」

エリカはいつも哲学的だ。

友里は何に似ているだろうか。花梨は樺太に咲くロシアタンポポの花を思い出していた。春、二浪の末、志望大学に合格できなかった友里の兄は自宅で首を吊って亡くなった。その兄の第一発見者が友里だったのだ。兄の首は長く伸び、目玉が飛び出していた。幼時から友里を可愛がってくれていた兄の優しい面影は跡かたもなく消えていた。排泄物でぬれた兄のズボンから、腐臭が漂っていた。あんなにおしゃれでいつもシーブリーズの香りを漂わせていた兄から糞便の臭いがする。友里は茫然自失の状態ですぐに119番することもできず、その場に立ち尽くしていたという。

それでも、友里は自分自身の受験を乗り越え、見事難関大学に合格もした。けれども、春になるといつも血の涙がほとばしるのだという。極北の地に咲く血のように赤いロシアタンポポも春先の死者の血涙でできているのかもしれない。吹雪や雪崩で亡くなり、積雪の下で遺体さえ発見されることなく、永遠に眠り続ける魂の鎮魂歌のように赤々と咲き乱れる。植物図鑑でしか見たことはなかったが、その赤々とした毒々しい色は日本に咲くタンポポと似て非なるものだった。

春になると必ず調子が悪くなり、入院してくる友里の気持ちは6月を過ぎるころ、ようやく安定してくる。

「私があの時、お兄ちゃんを一人ぼっちにして、出かけなければ、兄は死ななかったかもしれない」

「私があの時、友達とコンサートになんか行かなければ、兄は生きていたはず」

兄が亡くなる前に時間を巻き戻したいと願う友里は、今でも後ろ向きに歩いたり、ビデオを何度も巻き戻す強迫性障害の症状が治らずにいる。車に乗って、一方通行の道路に入ろうとすると、パニック発作を起こしそうになり、車から飛び降りてしまうのだった。「一方通行の道路では、もう後戻りできないからね。私は時間を未来に進めたくないの」と言って、年をとることに妙に臆病になっていた。

時間を未来に進めれば、いつかパパもママも死ぬ、そして、自分も。だから、時間を巻き戻さなければならないの。だから、自宅では友里の食事はいつも二人前作らなければならなかった。友里が食事をした後、ママがもう一度料理をテーブルの上に置き、食事前の風景を再現する。それで、ようやく友里は安心して、次の行動に移ることができた。

でも、ここ閉鎖病棟では友里が食事をすると、トレイは空っぽになった。私たちはその空っぽのトレイに自分たちが残した料理をとり集めてなんとか友里を安心させたものだ。でも、残り物の料理がない時もある。空っぽのトレイを見ると、友里は過呼吸発作を起こした。

「だめなのよ、時間を巻き戻さないと、浩二も花梨もみんな死んじゃう」

そう言って、泣きながらトレイを放り投げたこともある。でも、ここ最近は状態がすごく良くなっている。春が過ぎ去ったからだろう。春になると必ず病院に戻ってくる回転ドア症候群を友里は繰り返していたけれど、年々入院する期間が短くなっているのは良いことだった。やがて、痛ましい兄の記憶が少しずつ遠ざかり、主治医の辛抱強い認知行動療法によって、完治する日が来るのかもしれない。

「チンがくしゃみをしたような顔をしている」

祐樹のことをこんな風に言いだしたのは浩二だった。

というわけで、祐樹は鼻をかんだ後、くしゃくしゃにまるめられたちり紙ということになった。一番ひどいメタファーに祐樹は不満げだった。

「女の子たちはみんな花だろう。せめて、俺も生き物にたとえてくれないかな」

「だめ、だめ、まあくしゃくしゃにまるめられたちり紙はすぐにゴミ箱行きさ。要するにこの世ではもう不用ということ」

きついジョークを浩二が口走る。

「でも私は鼻をかんだ後のティッシュでレンジの油汚れなんかをふいたりもするわよ」

沙織が助け舟を出す。

「そうよ。鼻をかんだ後のティッシュでおしりをふいて、水洗便所に流す子だっているわよ」

エリカが言う。

「そうだな、鼻をかんだあとのチリ紙にもまだ用途はあるのかもしれない。世の中の汚れとか人の心の醜さとかそういう汚物を全部吸い取って、あの世に召されていくという貴重な役割が」

浩二も納得しているようだった。

雑談をしているとあっという間にお昼だ。カレイのから揚げにひじきの煮つけ、冷えたすまし汁、こんな献立でも日頃、家事を一人でこなしている主婦たちは喜んでいる。

「お昼から三品も作るなんて、大変なのよ」

芦屋の邸宅に住んでいるという噂のある加奈子さんが言う。小さい頃から、家事を手伝っていた花梨にもこの気持ちはよくわかる。

加奈子さんは夫のDVが原因で、うつ病になったらしい。不動産会社の社長の夫は外では柔和な人だったが、家では妻子を虐待していた。酒を飲んで暴れたり、加奈子さんの髪をひっぱって、振り回したこともあったという。加奈子さんが職場にいるときは、夫はやさしかった。金曜日になると物件情報の確認をして、来客にお茶を出すという秘書のような仕事をしているとき、加奈子さんは幸せだった。でも、家に帰ることが怖かったという。

「お金や物には恵まれた結婚だったかもしれないけれど、夫が家にいるときは地獄でした」上品な加奈子さんの瞳に光るものがあった。

「いやだ、ごめんなさい、カレイが塩辛くなっちゃう」

加奈子さんはみんなのためににこやかに笑うと、箸を手に取り、カレイをつつき始めた。

隣で相槌をうっていたのが裕美子夫人だ。裕美子夫人は幼いころ、事故で父を亡くし、保母をしていた母に女手一つで育てられた。長兄が地方公務員になり、裕美子夫人の学資を援助してくれたそうだ。子どもたちが育ち、孫も生まれ、これからというときに裕美子夫人のお母さんは突然失踪した。

三日後に東尋坊の崖下でお母さんの遺体が発見されたという。つぶれたトマトみたいになったお母さんの顔を直視することはできなかった。検死のショックから裕美子夫人もうつ病になってしまった。

「あなたたち、なんといっても気楽な独り身なんでしょう。若い子はつまらないことで悩むことができていいわね。ウエストが少し太いとかそんなことで摂食障害になるなんて、私たちの苦労からすれば、ありんこのうんこみたいにちっちゃいことよ」

二言目には花梨やエリカにきつい言葉を投げかけてくる。

「お味噌汁が冷たいとか、カレイのから揚げが固すぎるとか、そんなことで食事がのどを通らないなんて贅沢すぎるのよ。うつ病になっても主婦に休みの日なんかないわ。お姑さんがいるから、お昼もきちんと作らないといけないのよ。おさんどんしなくてよいあんた達は気楽でしょうけれど、子どもたちだって育ち盛りでいつもおなかをすかせた豚みたいなんだから。ハンバーグを作るのにひき肉1キロも買わないといけないのよ。おまけにクラブ活動から帰ってきた息子が1リットルの紙パック牛乳を一気飲みするんですからね。買い物だけでもどれだけ大変か」

「でも、おばさんたちは結婚もできて、子どもも生めたんだから、いいじゃん。私たちみたいに10代で発病したら、結婚だってできるかどうかわからないんだよ」

エリカが口をとがらせて、反論する。

「そうだよ。なんだかんだいったって、奥様は旦那さまの経済力という後ろ盾があるよね。勝ち組の女は経済的にも社会的にも守られているけれど、私たちはここを退院しても帰っていく家さえないんだからね」

沙織も半泣きになって言い返した。

「お子様には勝ち組でいるためにどれだけ苦労をしなくてはならないかわかりっこないわね。勝ち組の女の中には負け組よりもさらに不幸な一群がいるってこと、あんた達も一度結婚してみれば、わかるわよ」

裕美子夫人も負けてはいない。友里は思う。勝ち組であろうが負け組であろうが、ここには幸福な女なんか一人もいないということ、そのことがわかっていながら、不幸自慢をするのは無意味なこと、不幸度にしたって僅差を競うことに何の意味もないことはよくわかっていた。認知症になった義母を24時間介護して自分はうつ病になったという小夜子夫人は、今夫に離婚を迫られている。ここを退院したら、ふらふらの体で家庭裁判所に出向かなくてはならない。

自分の母の介護をさせるだけさせて、病気になった妻を無一文で捨てようとしている夫は鬼のような人間だと思う。小夜子夫人も裕美子夫人も加奈子さんも社会的強者にふみつけられて、閉鎖病棟に送りこまれてきたのだ。「精神障害者が怖いなんて、嘘もいいところ」花梨は思う。怖いのはこの壁の外にいて、法律に触れないぎりぎりの範囲で弱者を踏みにじり、大通りを闊歩している人達なんだ。実際に精神障害者の犯罪率は健常者よりかなり低い。この事実は一般の人には全く知られていないようだが、精神障害者一人ひとりと個人的につきあえば、誰もがわかることだろう。

エゴイスティックな人や自己中心的な人は多分精神病にはかかりにくいだろう。女性であれば、「お姑さんと同居してくれ」と夫から言われた時、はっきりと「しんどいから嫌よ。お姑さんは老人ホームに預けてちょうだい」と断ることができる人は大丈夫だ。でも、優しい人ならどうだろう。たとえ自分の体が弱くても、お姑さんを一人にしておくのは可哀想だからと同居を承諾することになる。男性も過労とストレスが原因で発病するプロセスは同じだ。上司から無理難題の仕事をおしつけられても、はっきりと断ることができる人は発病の危険性が低くなる。でも、頼まれたことを断れないで、仕事を抱えこみすぎてしまう人は危ない。

というわけで、ここにいるのは気が弱く、優しすぎる人ばかりということになってしまう。しかし、マスコミはこの真実を伝えようとはしていない。精神病について書くのは数少ない事件報道の時だけと決まっていた。偏ったふるいにかけられた報道を見た一般の人は誤った認識を持ってしまう。

男性入院患者では圧倒的に企業戦士が多かった。P市の市長の孫で名門の出身ながら、兄弟が3人も自殺してしまったという永岡氏はまだ自分のことを勤め人だと錯覚しているようであった。時々、ズボンをはいていないことがあったが、朝になると必ずワイシャツを着て、ネクタイを締め、アタッシュケースを持って、出勤しようとするのだった。右手にはいつでもシステム手帳を持ち、「メルボルン行き15時35分発カンタス航空のチケット手配」などと書きこんでいる。毎朝、その出勤スタイルで閉鎖病棟の分厚いガラス扉の前に立ち、会社の上司が迎えに来ているから、仕事に行くと言ってきかないのだ。

外出許可を出すと、そのままの格好でタクシーに飛び乗り、会社に行ってしまう。永岡氏はもうここに来て20年がたとうとしている。とっくに停年退職を迎えた白髪まじりのこの頭の中には、今でも仕事のことしか浮かばないようであった。奥さんは氏が長期入院している間に身体の病気で先に亡くなったということだった。

田和氏は業務請負の会社に勤める有能な営業マンだった。各工場の人事担当者に毎月、電話をかけ、欠員や増員状況をヒアリングしたオペレーターから上がってきた情報をもとに工場を訪問し、受注をいただくという仕事を長年続けてきた。3か月契約がとれない、あるいは2か月見込み情報が得られなければ、即刻首という、正社員とは名ばかりの職場であったという。それでも滋賀県や長野県など土地が広く、工場がたくさんある割に人口が少ない県では受注はとりやすかった。しかし、大阪に来て、状況は一変したという。多くの業務請負が参入し、また失業者であふれかえり、1円でも安く人件費を抑えようとするこのエリアでは簡単に契約をとることができなかったのである。田和氏は次第に不眠に悩まされるようになり、上司に叱責される声が聴こえるようになっていった。

一週間無断欠勤して、同僚に発見されたときには水も飲まずにいたため、極度の脱水症状に陥っていたという。「働かなくていい今が一番幸福だ」と田和氏は言う。

製薬会社のMRだった名谷氏もやはりノルマに苦しめられた患者の一人であった。大学病院の医学部教授ともなれば、みな多忙な日々を過ごしている。医者はいつも忙しいので、いつ会ってくれるのかわかりはしない。新薬の説明についても3分、10分、30分と時間を決めて、忙しい医者に合わせた説明をしなくてはならないから、自然と早口になってしまったという。3時間待たされて、1分話したところでまた席をたたれたこともあったらしい。

アフターファイブには飲食の接待もあったし、医師の趣味を熟知して、観劇のチケットなども手配しなくてはならない。あなた任せの時間管理がつくづく嫌になり、名谷氏は大事な商談をすっぽかし、遁走した。旅先で大量の睡眠薬を服薬して、運ばれた先は精神病院だった。

男性では企業との戦いに敗れた者、女性では家庭での戦いに疲れきった者がここ閉鎖病棟に運ばれてきている。子どもでは家庭内で虐待されたり、学校でいじめにあったり、受験戦争に負け戦した者があまりにも多かった。心の負傷者たちが流す血は誰にも見えないかもしれない。社会に轢断《れきだん》された魂の死体がうごめいていても、誰も見向きもしないのだろう。

でも、裂傷がなくてもこんなに痛いんだ。魂はスクイーズされるレモンみたいにキリキリとねじられ、酸味の強い涙を流している。搾取され、虐げられた魂はいびつな形にゆがみ、はりさけんばかりの叫び声をあげていた。それは病名を問わず、患者全員に共通して見られる頭重感や吐き気、めまいなどにわずかにあらわれているにすぎない。地下深くマグマが高熱で渦をまきながら葛藤しているだけで、なかなか表層部に噴出しないさまにどことなく似ていた。しかし、ひずみは蓄積され、いつかは大きな地震が起きる。

暴れまわって保護室に収容されるのはうつ病患者が多かった。うつを治療する薬が効きすぎて、躁転するからだろうか。外来診察だけで自宅にすぐ戻れると思っていたのに強制入院になってしまった裕美子夫人がそうだ。モスグリーンの麻のスーツに同色のスカーフ、ミモザ色のペンダントが胸元でかすかに揺れていた。どこから見ても、上品で優雅な奥様だったけれども、入院当初は暴れまわって、子どもの名前を泣き叫んでいたのだ。「タケル」「マコト」二人の息子の名前を何十回と呼んだから、入院患者はみな裕美子さんの子どもの名前を覚えてしまった。アルミのトレイに盛られた食器を床にたたきつけ、おかずは散乱していたし、食器をのせる棚から何度も飛び降りていたらしい。

しかし、そもそも裕美子さんは優等生の主婦だった。同居のお姑さんのために昼から魚の煮付けやきんぴらを作るぐらいこまめに家事もこなしていた。お姑さんに逆らったこともない。でもその日は朝からおかしかったらしい。子どもたちの弁当を作ったあと、いきなり箪笥《たんす》の引出しから洗濯物をほっぽりだし、踊りだしたという。それを見とがめたお姑さんに裕美子夫人は初めて手をあげた。お姑さんをはたきを持って追い回し、何度もはたいたそうだ。慌ててかけつけた夫が裕美子夫人を車に乗せて病院に運んだ。

でも、次の日、保護室から出てきた裕美子夫人はもとの上品な奥様に戻っていた。

「どうして、私あんなことしたのかしら。でも、やっぱりはたいたのはお姑さんなのよね」

自分でも気づかぬうちにお姑さんに対する憎しみに近いマグマを心の奥深く蓄積させてしまっていた裕美子夫人、でも今はすました顔でレース編みをしている。

みんなにさっちゃんと呼ばれて可愛がられていた教育大生も同じく普段はがり勉少年だった。吐血して内科に入院したものの、暴れまわるということで、手足をしばられた状態で閉鎖病棟に回されてきた。彼も保護室の中で泣き叫んでいた。

教育実習の中途で過労と睡眠不足が原因で病気が再発したのだ。教務日誌に始まり、授業観察日誌や児童観察日誌を記入し、次の日の授業の準備をして、眠りにつくのは毎朝三時ごろだったという。教育実習は必修科目なので、この単位を落とせば、即留年だ。

「もうすぐ、前期試験が始まる、このまま入院していたら、また留年してしまうし、授業料60万がパーになる。どうしてくれるんだ！」というようなことを扉をけりながら、わめいていた。彼も躁うつ病であった。

実を言えば、花梨達のような統合失調症の患者はうつ病の患者よりさらにおとなしい場合が多い。いわば、うつ病や躁うつ病なら、薬のためか、まだ暴れまわるエネルギーが残っているが、統合失調症の患者はさらにはるかにパワーダウンしているようなのだ。この枯渇した生命力はよほどのことがないかぎり、呼び戻されることはない。夕方になるともう眠りにつく前のように疲れている。しんどい、だるい、重い体を直立していることさえできなくなり、3時ごろにはもうベッドに横にならなくてはならない。

昼食のあと、少し横になった花梨は夕方もう一度中庭に出た。墨汁を落としたような丸いブッシュの影がそこかしこに点在していた。影は時間とともに少しずつその手足を伸ばしていく。まるで、滴る悪魔の涙のようだ。午後に降ったにわか雨がそこかしこに小さな黒い水たまりを作っていた。影が怖い。単純に夜が怖い。幻聴との対話でまた眠れなくなるから。影がまた少し伸びた。でも、その黒い涙のようだった影ももうすぐに漆黒のような本物の暗闇の中にとけこもうとしている。昼は夕闇にのまれ、そして夕闇がやがて暗黒の世界に支配されるとき、世界中の精神病患者の苦しみが始まる。遅すぎる秒針の音が水滴のように夜という長い帳の中に吸いこまれていく。けれども、どの患者にも〝眠り〟という安楽な世界は訪れない。異常にさえきった頭はなんの目的もなく、夜の帳の中に横たわっていた。いつもいつも無意味に研ぎ澄まされた感性が患者の人生を毒針のようにむしばんでいく。そして、徒に時間だけが過ぎ去るのだ。

病気を芸術に昇華させる者もいるかもしれない。ただ、ほとんどの場合、鋭すぎる感受性は患者の心の内側に向かってとげのようにつきささり、傷ついた心に新たな傷を作りだすだけであった。創造するにはエネルギーが足りず、表現するには技術が届かず、膨満した患者の世界は腹水がたまりすぎたようになり、徐々に腐っていく。

患者は茫洋たる前途に絶望し、自分の人生をやがて放擲《ほうてき》する。沈吟しすぎた魂はやがて、疲弊し、徐々に崩壊していくのだ。言葉は羅列だけになり、おしゃべりはジグソーパズルのようにバラバラなままだ。千変万化する心は万華鏡のように様々な景色を映しだす。無意味に笑い、徒に怒り、泣き、やがては感情も枯渇していくだろう。空っぽになった患者の心は荒涼として、ただ冷たすぎる風が吹き抜けていくだけになる。そこに残るのは残骸のような美しい体だけかもしれない。〝死体〟と呼ぶには若すぎる価値あるボディがそこかしこに散乱していた。

病名を問わず、患者たちにとって共通する等温線はこの澄み渡る魂と肉体の持つ〝美しさ〟につきるのではないだろうか。嘘をつけない、ごまかせない美しい心がここには確かに存在していた。世間一般の人たちが本音と建前を上手に使いわけ、嫌な申し出を断る際にも如才なく嘘をつくのに比して、ここ閉鎖病棟にいる人たちは世渡りという泳ぎがあまりにも下手であるがために溺れてしまったのだといえるかもしれない。もう、息継ぎさえできない、呼吸が苦しくなり、酸素を求めてさまよいだす頃には大体手遅れになっていた。誰かに右を向いていろと言われれば、永遠に右を向いているような従順すぎる魂が、今度は誰かに左を向けと言われるのをおとなしく待っている。その左に向かせるものが主治医のアドバイスであったり、向精神病薬と呼ばれるものなのだ。

しんどい、苦しい、そして終わりがない、夕闇の中、疲れきったボディの軍団が横になるべくだらだらと寝室に向かう。花梨も浩二からもらった夕刊を手に取り、自分のベッドに横たわった。相も変わらず、不景気の話ばかり、花梨は飽き飽きした思いで新聞を繰っていた。しかし、パラパラめくった新聞の中にふと見覚えのある写真を見かけた。

「四国巡礼の旅が死出の旅路に。西国88ケ寺巡りのバスツアー、事故で暗転」とある。この顔は確かに兄のものだった。兄は白衣、輪袈裟、菅笠を身につけ、金剛杖を手にしていた。竺和山霊山寺から日照山極楽寺に向かうバスは前方に不法駐車の車があったために急停止したらしい。そこに左折してきた酒酔い運転の大型トラックが追突した。前部座席にいてシートベルトをしていなかった兄は数メートル飛ばされて、頭を強打して亡くなったということだった。

兄は懺悔していたのだろうか。三度目のお遍路とある。兄の本当の心は今となっては闇の中だ。花梨は慟哭した。しかし、兄の死によって花梨の心の傷はいやされるのだろうか。答えは〝否〟だ。お兄ちゃんのバカ、お兄ちゃんはあの世に逝って、それで帳尻を合わせたつもりかもしれないけれど、私はこの苦しみを抱えたまま、ひとり人生のお遍路を歩み続けていかなくてはならない。

おまえの罪、穢れは生涯消えることはない。兄の体の一部がおまえなのだ。事実、兄の体の一部がおまえの体内の奥深くに眠っているではないか。幻聴がささやいた。あのうずきにも似た痛みがまた思い出された。皮膚があるいは身体が覚えている忌まわしい記憶は脳の奥深くに眠る獣のようであった。胸に刻印された緋文字のように花梨の心臓が脈打つ度に鼓動とともに、思いだされるほどだった。ドクッ、ドクッ、深いところに眠っている兄の血液が脈動した。ドクッ、ドクッ、血縁の強い絆に分かつことのできない生命が鼓動している。

花梨の目からほとばしるように涙があふれていく。でも、悲しいのかうれしいのかさえわからなかった。とにかく兄は死んだのだ。もう、この世では会うことはない。葬儀の知らせは花梨のところに来るのだろうか。精神病院に入院していると身内の結婚式や葬式にも呼んでもらえないという話けよく聞く。

でも、最後にもう一度会いたい、いや、会いたくない。悲しみと喜びというアンビバレントな感情が花梨の心の中で振り子のように揺れていた。かつて愛した人を憎まなければならなくなった時、復讐の刃は途中でその矛先を止める。愛すべき憎むべきお兄ちゃんとはさようなら、だけど私の体の中には永遠に生き続けるんだね。そういえば、さようならは英語ではso longというではないか。

兄との思い出が走馬灯のように脳裏をかけめぐる。子どものころ、よく魚釣りをしたこと、〝世濁り〟といって、水が笹の葉色になるとよく魚がつれた。特に日没直前には大物が釣れたように思う。といってもほとんどはハゼのような小さな魚で、でもそれを家に持ってかえると、母がいつもてんぷらにしてくれた。河原でつんだ土筆やよもぎ、どくだみの葉も一緒にてんぷらにして食べたものだ。あのてんぷらは自分たちで調達してきた食材ということで、ひときわ美味かったように思う。そして、残ったどくだみの葉をたくさんネットに入れて、浴槽に浮かべ、自家製の薬草風呂に入ったものだ。ペパーミントにも似た少しつんとした我が家の風呂の香りが幻臭になって花梨の鼻先によみがえった。

そして、あのてんぷらの味も幻味となって、口中にただよっている。また、あの行為のときの痛みや不快感も体感幻覚になって、いつも花梨の下半身を侵襲していた。深く、深く、体感幻覚はピストン運動を何度も繰り返していた。

幻覚にレイプされるこの行為は幽霊とセックスするような感覚に近かった。肉体的な痛みはほとんどない。子宮が上に引っ張られる感じがする。空気銃がぶち込まれるような感じ、人それぞれ感じ方は違うものの、一晩中続けば、へとへとになってしまう。死ぬまでレイプされて、そしてこの幻覚に殺されるなんて女性にとっては残酷すぎる病気であった。

花梨のことを命がけで守ってくれるのも男だし、花梨をレイプして殺してしまうのも男だ。男にも色々いるということ、そして1人の男の中にも聖性と悪魔が同居していること、理屈ではわかっていたが、自分のことにあてはめて納得することはできなかった。

楽しいはずの青春を一瞬のうちに暗闇に葬りさる性犯罪に対する処罰は軽すぎるように思う。女性にとって性犯罪の被害者になるということは単に肉体が傷つくということではない。全人格が否定され、場合によってはそれまで大切に培われてきたその人の教養や知性、やさしさというような美徳までもが根絶されてしまう場合もある、恐ろしい魂の殺人なのだ。

兄は亡くなったけれども、花梨に魂の平安が訪れることはもうないのだった。花梨は食後の眠剤を流しこんだ。

その時、遠くで小さな音がはじけるのを聴いた。窓の遠くに小さな光が見えた。二、三の小菊の花が暗い空に花開いたかと思うと、あっというまに暗闇に消えた。花火だ。賀茂川の近くだろうか。ずいぶん、距離は遠いようだったが、病室が六階にあるので、かろうじて見えるのだ。続けざまに光の華が開いた。しだれ柳のように長い光のしずくを暗闇の中にたらしながら、開いては散り、開いては散り、光の饗宴は続いた。患者たちはみな、窓の外の景色にくぎづけになっている。窓枠を額縁に見たてると、一種の映像芸術のようにも見える。

こんな病気になっても美しいものを美しいと感じることができるのはせめてもの救いだった。幻覚に侵襲され、一日に薬を十錠以上飲んでいたときには、花の美しさも花火の美しさも、たとえ見えていたとしても、美しいものとして認識することは不可能だった。

ときに精神病を贅沢病のように言う人がいるけれども、そういう人たちはこの病気のことをあまりにも知らなさすぎるのだ。この世のものではない声を聴き、この世のものではないものを見、感じ、味わい、匂い、かぐという感覚の異常はいわば見えない、聞こえないことと同等の苦痛と不便さを患者にもたらす。

それでも、花梨は幻聴を聴きながら、花火を美しいと思った。光の華、オレンジや紅、紫、藤色、あざやかな光の大輪の花が夜空に咲いている。一つの花が命を終えると、その命は次の花にリレーされる。兄の命のはかなさが今、哀れにも思える。この花火は兄の葬儀の花輪なのかもしれない。

花火を背景にして、花梨が幼いときに見た様々な花が目のまえに浮かんだ。嵐山の亀山公園に咲いていたつつじの茂みで兄とかくれんぼをして遊んだこと、桃色のつつじの花の蜜を吸い、そして追いかけっこもした。花の中に見え隠れする兄の顔はいつも笑顔だった。

天龍寺に咲くしだれ桜が花火の前景に重なった。桜色が二重になり、花火が散ると同時にサクラの花びらも散った。小倉池の前の小さな花畑に咲いていた矢車菊やポピーの花が炎のように燃えさかる色を花梨の目の前に際立たせたかと思うと、すぐに暗闇の中に吸いこまれるように消えた。病室の中は幻覚の花園に化していた。あの世の花園をこの世で見ているのかもしれない。落柿舎の柿がオレンジ色の宝石のように花梨の頭上に鈴なりになっている。「落柿注意」の札書きを無視して、兄といっしょに柿の木をゆすったものだ。鈴なりの柿がばさばさと花梨の頭上に落ちてきた。熟柿独特のくさったような甘い匂いが鼻をつく。

春と夏と秋と冬が同時に存在した。雪の降り積もった金閣寺の上に桜が舞い、その前景に錦繡の常寂光寺の山門が見える。部屋の中は様々な色彩で充満していた。美しすぎて、気が狂いそうなその光景を見た者はやはり死ななくてはならないのだろうか。

桜の花びらと紅葉が同時に病室の床に散り敷かれた。クロガネモチやまんりょう、南天の赤が白い雪の合間に顔をのぞかせたかと思うと、瞬く間に闇のなかにのまれた。

もう、花火はとっくに終わっているのだ。それでも、花梨の目の前には光り輝く無数の花が咲いている。

そのとき、天井から声がした。「死の花園をのぞいた者はことごとく死ぬのだ。おまえはすでに禁断の花園に足をふみいれた」

いいえ、《ハハハ》私はまだ、《コノシノハナゾノ》死にたくはないの。《カラノガレラレルトオモウノカ。》幻覚の花園に遊んでいる《ハルナツアキフユノハナゾノデハナニ》暇はないのよ。《ウモレテオマエハシヌノダ。》ただ、早く《シヌコトホドシアワセ》眠りたいだけ。《ナコトハナイ。》これ以上、《サアハヤク》この恐ろしい《コッチニコイ。》花園にいることは《ワタシノウデノナカデ》危険すぎるのかもしれない。《ハナニウモレテオマエハシヌノダ。》ナースコール、《ダレモコナイ、》ナースコールして、《ダレモコナイ、》早く頓服薬をもらわなくては。《ココハスデニアノヨノハナゾノ。》

花梨は腕を伸ばした。しかし、ナースコールのボタンはどこにも見当たらなかった。意識が朦朧としていく。右手が宙をさまよった。

たしか、このあたりだったと思うのだけれど、《ナニヲヤッテイル、イクラヨンデモダレモコナイ、》幻覚が多すぎて、現実にあるベッドやライトの《シロショウゾクガヨクニアウウツクシイムスメダ、》区別もつかないのだ。《サアコッチヘクルノダ。》白いもやのような塊の死神が花梨に近づいてきた。おそろしく冷たい手が花梨の首をつかんだ。じわじわと首に死神の指がくいこんだ。

生きる《シネシネ》、生きたい《シネシネ》、シネシネ、いや死ぬ《シネシネ》、死ぬ《シネ》、死ぬんだ《シネシネシネ》、シネシネ、いや死にたくない《シネシネシネシネ》、生きる《シネシネ》、生きる《シネシネ》、シネシネ、いや死ぬ《シネシネシネ》、死んでいく《シネシネシネ》、シネシネ、いいえ生きなくては、シネ、シネ、シネ、シニタイ、シヌンダ、シヌ、シヌ、サア、シーツ、シーツヲモッテ、ムスブノヨ、ベッドノワクニ、そ、そんなことしたくない、アルワ、したくアルワ、シタイ、シタイノ、シーツヲベッドノワクニムスンデ、ベッドヲナナメニシテ、**ソウ、ダイジョウブ、デキル、デキル、シネル、シネル、シンダラテンゴク、タノシイハナゾノ、タノシイテンゴク、ジブンデデキルワ、シーツサエアレバ、ダレデモシネル、ココデモシネル**

はっと気がつくと、目の前は墓場になっていた。地獄の悪霊たちが墓石の間を縫うように踊りまくっていた。魑魅魍魎《ちみもうりょう》が地の底にうごめいている。幻聴たちはお祭りのように大声で歌いだした。部屋の中に6、7台のラウドスピーカーが置いてあるのではないかと思うほどの大音声だ。

せ、し、す、する、すれ、せよと
サ行変格活用に
いつも頭を悩まされ
学生時代は0点の
オンパレードの夢をみた
さあ、さあ、死ぬ、死ぬ、するすると
せいぜい葬式あげたるわ
サ行変格活用で
ゆっくり、ゆっくり死に近づく
さっさと死ぬ死ぬ、すんなりと
せっせと葬儀をあげたるから
さっぱり死んだら、すっきりと
せっかち葬儀屋喜ばす
サ行変格活用で
楽しいマーチが始まれば
出てくる、出てくる、葬儀屋が
坊主に牧師がぼったくり
さまざま樒《しきみ》にすばらしい

セールストークで総仕上げ
さきざき、仕送りすませたら
せまい世間で総スカン

サアサア、シニマス、シンデイク、ワタシノカラダハ、ケガレテイルノデ、ショウキョシマス。私にはもう生きる価値はない、生き続けてもこの苦しみが続くだけ。イッショニシノウ、サア、シーツヲヒッパッテー

その時、自分でも思ってもみないような力が出た。全体重をかけて、シーツを強くひっぱる。もちろん、幻覚と一緒に。

苦しい、息ができない、サアサア、シニマス、シンデイク、モウスグハナゾノマッテイル。サアサア、シニマス、シンデイク、サアサア、シノウ、シンデイク。タノシイテンゴクマッテイル。苦しい、苦しクナイ、タノシイ、タノシイテンゴク、マッテイル。

〈完〉

「狂気のペンキ」

普通の人の頭のなかにも
狂気のペンキは詰まっている
ただ、バケツにふたをした状態で
大きな出来事にショックを受けると
突然、バケツはひっくり返る
狂気のペンキはあふれだし
右脳も左脳もルナティック
月色に光り輝く夜の空
ドーパミンがあふれでて
右手、左手、勝手に動く
右足、左足、踊りだす
あなたの頭の中にも
貴男《あなた》の頭の中にも
貴女の頭の中にも
狂気のペンキは詰まっている
ただ、バケツにふたをした状態で

そろそろ　いこうか
ルナ　ボイス
そろそろ　やろうか
ルナ　ボイス
そろそろ　逝こうか
ルナ　ボイス
そろそろ　殺《や》ろうか
ルナ　ボイス

第2部　エッセイ

統合失調症と日々の暮らし

統合失調症の主な症状

統合失調症の主な症状は幻覚と妄想です。その中でも特に顕著な症状は幻聴でしょう。音源がないにもかかわらず、色々な声が聴こえてくる症状で、多大な精神的苦痛をもたらします。

まず、音が人に与えるストレスを想像してみてください。自分の家の前に高速道路が通るようなことになれば、引越しを考えるかもしれません。道路工事をしている横で眠ることは不可能でしょう。また、隣人のピアノの音がうるさいという理由で殺人事件が起きたこともあります。

このように人の声でなく、その他の雑多な音が四六時中聴こえてくるだけでも、人は大きな苦痛を感じるわけです。

統合失調症の場合も、音楽や機械の音などが聴こえることもありますが、ほとんどの場合聴こえてくるのは人の声です。今度は思春期の子どもたちに起こりがちな〝いじめ〟を想像してみてください。学校に行くと「ばか、きもい、死ね」と言われる。それが毎日続くと、暴行を受けたわけでもないのに、不登校になり、最悪の場合は自らの命を絶ってしまうわけです。

統合失調症の人の頭の中では、いつも自分のことを悪く言う声が聴こえ、四六時中脳内いじめを受けているような状態になります。24時間「ばか」とか「死ね」と言われる、この精神の拷問に耐えることができる人は少ないのではないでしょうか。

私も「死ね、死ね」の嵐に巻き込まれ、何度か自殺未遂をしました。また、閉鎖病棟に入院したこともあります。

次に幻聴が一般的にどのようなプロセスをたどり、患者の命を奪ったり、あるいは衰退していくのかについて説明したいと思います。

まず、最初は第三者の声である場合が多いようです。三人称幻聴（彼、彼女、彼ら）が自分の悪口を言っている声が聴こえてきます。電車にすわっていると、5、6メートル離れたところにいる人が自分のほうを見て笑っている。「リストラにあったのに、堂々と電車に乗っているのか、ばかやろう。生きている価値もないから、死んだらいいのに」というような声が聴こえてきます。

それでも、患者が死なずにいると、声は命令形に変わっていきます。二人称幻聴「おまえなんか死んでしまえ。死ね、死ね」と繰り返すようになるわけです。ただ、この時点では、幻聴は他者の声として認識されやすく、患者も死んでたまるかと意志の力を対立的に発揮する場合もあるかと思います。ただし、病識があっても、戦い抜けるほど生易しいものではありませんが。

そして、この先にもっとも恐ろしい幻聴である〝思考化声〟があります。一人称幻聴と私は呼んでいるのですが、幻聴が患者の考えを完全に奪い取り、「私は死にたい。私には生きている価値はないので、明日の朝5時に自殺を決行しよう」と言いだすのです。

この時点で自死してしまう場合もありますが、急性期を脱すると幻聴は無人称になってしまいます。患者との距離も遠ざかり、〝他人〟ぐらいの疎遠さになってしまいます。最後にはただ無意味な言葉を繰り返す幻聴の残骸、がらくたのようなものだけが、頭に残ります。この時点で病気は寛解です。

辛かった闘病生活

発病した当初、私は平凡な家庭の専業主婦でした。4歳と9か月の二人の娘の育児と家事に追われ、それなりに充実した日々を送っていました。夫は半導体の研究に従事する大学研究員で、仕事に追われ、多忙な日々を過ごしていました。実験や学生の指導に追われ、帰宅するのは深夜に及ぶこともたびたびありました。

そんなとき、義父ががんで亡くなり、葬儀の疲れから、私は虚血性大腸炎になってしまいました。大量の下血で救急病棟に緊急入院し、その日の夜、初めて幻覚を見たのです。地獄の悪霊たちがうごめく姿はおぞましく、到底眠ることなどできませんでした。その次の日から、今度は色々な声が聴こえるようになってきました。看護師たちが自分の噂話をしている声、近所の主婦たちが気遣ってくれる声や主治医の声が聴こえてきました。私は頭の中でそれぞれの声に返事をしていました（「対話調の幻聴」という症状が出ていたのです）。身体の病気は2週間ほどで完治しましたが、この時、自分が精神病を発病していることにはまだ気づいていませんでした。

ある日の休日、診察日でもないのに私は「主治医に呼ばれたので、病院に行く」と突然言い出しました。夫はいぶかり、「本当にテレパシーで主治医とコンタクトをとっているのなら、どこかで会う約束をしたら、会えるはずだ」と言いました。そのときは自分でも何かがおかしいと思い、病院には行きませんでした。しかし、それからというものの幻聴に振り回され、奇怪な行動をとることが多くなりました。「離婚しろ」と言われ、離婚手続きの本を買ったり、「これから通訳になるのだから」と言われ、昔勉強していた通訳ガイドのテキストを衝動買いしたりしました。「神戸に行け」と言われ、電車に乗りましたが、途中で「ソックスを履いているのはおかしい」と言われ、トイレで靴下を脱いだことを覚えています。何か目的があって神戸に行ったわけではないので、港のあたりをぶらぶらして、また帰ってきました。その間、夫は子どもを実家に預け、なんとか仕事には行っていたようです。しかし、我慢も限界に近づいていたようです。いつのまにか夫には別の女性ができていたようで、閉鎖病棟に入院中、突然「離婚してくれ」と言われてしまいました。私は喫茶店で面会中、人目もはばからず、わあわあ泣いたことを覚えています。自業自得と言われればそれまでですが、もう少し家族がこの病気について理解してくれていたら、離婚にはならなかったかもしれません。

私には病気があるし、経済力もないので、おそらく子どもたちを引き取ることは無理だろうと思いました。子どもたちと引き離され、実家で療養していたときには生きる希望を完全に見失っていました。自分が世界で一番不幸な人間に思え、もう生きている価値など何もないと思っていたのです。

ゆっくりと回復

37歳のとき、病気が理由で夫と離婚しました。ただ、幸運なことに夫側の都合で次女を引き取ることができました。子どもと一緒にもう一度暮らせるようになったことが大きな転機になったようです。子どものためにきちんと手料理を作りたいと思う気持ちから、再び台所に立つようになりました。始めは要領が悪く、家事をするにも時間がかかりましたが、次第に勘を取り戻し、なんとか洗濯、料理などはできるようになりました。

また、子どもの養育にはお金がかかります。今度は就労しなければなりませんでした。初めは病気を隠して働いていたので、仕事を転々としました。青息吐息で働きに行くのですが、半年ほどたつと、息切れして、やめてしまうことを繰り返していました。

そんな中、詩を書くことだけが心の支えになっていました。自分の病気の辛さ、また、病気を隠して働くことのしんどさ、友人がおらず、社会から疎外されている寂しさなど私は二重三重の苦しみを抱えていたのです。その苦しみを浄化するために夜子どもが眠ったあと、一人大学ノートに向かいました。書き始めたころはときどき、大阪にある精神障害者の当事者会である「ぼちぼちクラブ」に詩を送り、ニュースに載せてもらうことが楽しみでした。

そして、就労の合間をぬい、『公募ガイド』という雑誌を買ってきて、いろいろな出版社に原稿を送りました。キャッチコピーを一つ考えただけで5万円いただいたこともあり、内職にしては割がいいと思ったからです。10冊以上の本に原稿が採用され、小さな文学賞も四つ頂くことができました。

脳の病気だから、もう知的な作業はできないという思いこみは間違っていたようです。むしろ、短時間なら集中して働くことができるが、体力、気力ともにパワーダウンしているので、長時間就労ができなくなっていたのです。瞬発力はあるが、持久力がない状態です。ぼちぼちクラブで週に一度電話相談の仕事をしながら、夜は塾で英語を教え、その合間をぬって原稿を書くという、三足のわらじをはくような生活が続きました。

そして、潮文社への持ち込み原稿が企画出版として、採用され、1冊目の本「心を乗っとられて」を上梓することができました。また、読売新聞の健康&医療コーナーにて26回の連載を終え、こちらも岩波ブックレットより『心の病をくぐりぬけて』というタイトルで刊行されました。この頃から、講演依頼も増え始め、今では年間30~50回の講演活動をこなしています。半生記『なんとかなるよ統合失調症』も解放出版社より出版されました。たとえ、統合失調症でもあきらめなければ、夢は必ずかなうのかもしれません。

人間は負けたら終わりなのではなく、やめたら終わりなのです。

健常者と大差ない日常生活

統合失調症の人は、普段どんな生活をしていると思いますか。一般の人からかけ離れた特異な日常生活を送っていると想像される方もいるかもしれませんが、実際にはそんなことはありません。

朝はだいたい5時ごろに起きます。子どもが遠方の大学に通っているため、早く起きざるをえないのです（ちなみに子どもは二人とも国公立大学に合格させることができました。受験の前には私が必死で勉強を教えたので、そういう意味では普通の母親より、教育熱心なほうかもしれません）。それから、弁当と朝食を作ります。弁当のおかずは、大体前の日の夜に下準備をしているので、支度は15分ぐらいで完了です。

しかし、睡眠剤を飲んでいるので、この時間に起きるのは正直大変な苦行です。子どもを送り出したあと、再び寝ます。2度目に起きるのはだいたい10時頃です。

それから、遅めの朝食をとり、ゆっくりと新聞を読みます。洗濯などをしているとすぐにお昼です。昼食を食べたあとは、また横になり、しばらく本を読んだりします。午後からは原稿を書いたり、メールを送信したり、図書館に行くことが多いです。夕方5時ごろになると、夕食の支度にとりかかります。夕食は1時間ぐらいかけて、きちんと作ります。一汁三菜が基本で、野菜や魚、大豆製品を中心にしたヘルシーな献立になることが多いです。

夕食後はまた本を読んだり、見たい番組があるときは、テレビを見たりします。9時頃にお風呂に入って、10時前には就寝します。平凡すぎるほど平凡な一日ですが、健康だったときに比べると、やはり疲れやすく、体力がないため、いろいろな用事を細切れにしかすることができません。15分間掃除機をかけただけで、疲労感を感じ、すぐにお茶を飲みたくなってしまいます。ティータイムが一日に6回も7回もあるわけです。

仕事は週に3、4日、「わかちあい電話相談」や事務の仕事をしています。いずれも短時間の就労です。しかし、講演のあるときには突発的にエネルギー出力が高まります。朝早く起きて重い荷物を持ち、遠方まで出かけます。2時間近く、立ったりすわったりしながら、喋りつづけ、帰路につくころには全エネルギーを使いはたし、ぐったりしてしまいます。

けれども、旅行や観光が好きなので、泊まりで出かけるときには、次の日の朝また早く起きて、名所巡りをすることが楽しみです。趣味は読書、旅行、温泉巡りなどでしょうか。統合失調症になったから、人生を楽しむことができなくなるということはありません。

少しずつ、細く長く、無理をせずにぼちぼちとのんびりペースで自分なりの人生を歩んでいきたいと願っています。

真実を伝える公正な報道を

精神障害に関する報道の仕方で以前から、疑問に思っていたことがあります。それは精神障害に関する報道が事件報道だけに偏り過ぎていることです。

身体障害者や身体の病気の方が何か犯罪を犯しても、そのことが記事に記載されていることは少ないようです。逆に身体のハンディがありながら、こんなに頑張っているということを応援するような記事のほうが圧倒的に多いのはなぜなのでしょうか。

精神障害者の犯罪率は一般の人より低いにもかかわらず、新聞報道が事件報道だけに偏っているために、突出して多いような錯覚を与えてしまいます。

そのため、逆に精神障害者が何か良いことをしても当人が障害のことを明かさない場合が多くなり、この「悪の連鎖」はますますエスカレートしていきます。また、精神障害者の場合、偉業を成し遂げて、初めて記事になる傾向があります。天才的なことをしたごく一部の人は脚光をあびますが、普通のことを一生懸命にやっている程度では記事になることは少ないのです。作業所でおいしい弁当を作り、お年寄りに配達している、ボランティア活動を頑張っているというような記事の数が少なすぎます。

新聞が特定の障害について記事を載せる場合、その内容についても配慮すべきではないでしょうか。

少なくとも肯定的な内容、中立的な内容、否定的な内容の比率を等分にしていただきたいと思います。新聞社は身体障害や身体の病気の人・盲ろう者を応援するが、精神障害者に対しては、糾弾し断罪するという姿勢を長年貫いてきたのです。そのことが作りだした弊害は大きすぎます。精神障害に対する事実とは大きくかけ離れた良くないイメージは、新聞報道により人為的に作り出されたものなのです。ぜひ、今後の報道で是正していっていただきたいと願っています。

また、精神科の病気ではうつ病についての啓発活動だけに偏り過ぎているのはなぜなのでしょうか。「うつ病による自殺を防ぐ」記事はよく見かけます。しかし、実際には統合失調症の自殺率はうつ病よりも高いにもかかわらず、自殺の記事でこの病名を目にすることはありません。新聞社の報道の偏りのため、うつ病は自殺する病気、統合失調症は他者を傷つける病気という偏見が人為的に作り出されていきます。

新聞記者自身が精神障害に対する正しい知識を持ち合わせておらず、またきちんとした教育も受けていないのではないでしょうか。新聞社は偏った事実を伝え、この問題への知識に欠ける国民を洗脳してきた責任を自覚していただきたいと願っています。

報道の持つ社会的な影響力の大きさを思うと、統合失調症に対する差別や偏見を根こそぎ絶やすことができるのも、また報道の力をもってしかないと思うのです。

部落解放文学賞を受賞しました

このたび、私の詩「仮分数」が第35回部落解放文学賞詩部門の入選を頂くことになりました。応援してくださった皆様、本当にありがとうございました。

今までに『心を乗っとられて』（潮文社）、『心の病をくぐりぬけて』（岩波ブックレット）、『なんとかなるよ統合失調症』（解放出版社）の三冊の本を上梓してきましたが、大きな文学賞には縁がありませんでした。統合失調症や精神病の症状を詩にしたところで、いったいどれほどの方に理解、共感していただけるのだろうかという思いを抱きながら、詩作を長年続けてきたのです。

幻覚や妄想といった症状は言葉で表すことが難しく、また、表すことができたとしても、一般の方には理解しがたいものであるかもしれません。

ただ、自分が苦しい、さらにこの苦しみをだれにもわかってもらえないことがさらに苦しい、この悪循環を断ち切るために私は詩を書かざるをえなかったのです。そして、ひとつ詩を書くたびにカタルシスを感じ、苦しい荷物から解き放たれる――つかの間ではあるけれど、私は〝言葉〟という薬に救われ、安眠を得ることができるのでした。

精神病なんて自分には関係ないと思っていた十代、二十代のころ、自分中心に世界が回っていると錯覚するぐらい高慢に青春を謳歌していました。けれども今、年間の自殺者数は三万人を超えています。厳しい経済情勢の中、勝者は一人で多すぎる仕事を抱え、敗者は職を失い、困窮する。どちらにしても多大なストレスにさらされ、いつ誰が精神に破綻をきたしても、おかしくないわけです。けっして、人ごとではない〝心の病〟、それなのに根強い偏見や差別が残っているのはなぜなのでしょうか。この疑問を解き明かすために、そして、この分厚すぎる壁に一筋の光を通すために、私はこれからも書き続けていくしかないのです。

精神障害者が糸賀賞受賞

2007年の11月27日、私は糸賀一雄記念賞を受賞した。美しい湖に臨む琵琶湖ホールにてマレーシアのシア・シウ・チアンさんと共にこの栄えある賞をいただくことができたのは、奇跡に近い出来事のように思われた。

実際、受賞の知らせを聞いたときには夢ではないかと思い、自分のほほを二度つねったことを覚えている。

知的障害者のための施設近江学園を設立された糸賀先生を記念してもうけられたこの賞を過去に精神障害者が受賞したことは一度もない。過去の受賞者を拝覧してみると、身体障害者の方が多く、それも大学教授や大きな施設の理事長など華やかなキャリアの方ばかりであることがわかる。

私には何の社会的地位も肩書きもない。障害年金をいただき、アルバイトをかけもちで僅かな給金をいただき、その合間をぬって、細々と続けてきた文筆活動や講演活動が認められるとは、夢にも思っていなかった。

滋賀県知事の嘉田由紀子さんが楽屋に来られ、やさしく話しかけてくださった。これから始まる授賞式で嘉田さんに直々名前を呼ばれ、基調講演を行うのだ。心臓が早鐘のように打っている。新聞記者たちのフラッシュで目がくらみそうだ。近江学園の子どもたちが大きな花束を手渡してくれ、ようやく平常心を取り戻した。

波をうったような静けさの中で講演を始める。話し始めると次第に緊張の糸がほぐれ、終わるころには私自身の顔にもようやく笑みがもどっていた。

授賞式のあと階上のホールで盛大な祝宴が催された。大熊由紀子先生や厚労省の方々、シア・シウ・チアンさんと同じテーブルで、英語で談笑する。そのあと、ホテルに戻っても興奮してその夜はなかなか眠りにつくことができなかった。夢のような一日だった。これが本当なら、長い間、闇に閉じ込められていた統合失調症の人たちの夜明けがようやく手の届くところに近づいたといってよいのだろうか。いや、現実はそんなに甘くはないだろう。たかだか、一人の統合失調症患者が糸賀賞を受賞したぐらいで世間一般の人々の偏見や差別意識が消えてなくなるわけはない。これからもまだまだ長い道のりを一人で歩いていくのだ。

ただ、次の日の朝、起きてみると琵琶湖のさざ波が少し微笑んでいるように感じられた。湖畔の紅葉も喜びに頬を染めているように思われた。自然が私を助けてくれている、ふとそんな気がした。

いつか、本当の意味での統合失調症の人たちの夜明けが来るのかもしれない。遊覧船ミシガンが出航する。私もこの受賞をきっかけに新たな船旅に出るのだ。１００人に1人という発病率の高い病気なのだから、この船には百万人近いひとが乗っている。そのことの責務を忘れずに、今の活動を地道に続けていこうとミシガンに手をふりながら、改めて思った。

半生記は反省記⁉

9月下旬、解放出版社より半生記『なんとかなるよ統合失調症』を刊行した。私の半生なんて何ひとつドラマチックなことなどないし、平凡すぎてこんなものが本になるのかどうか初めは半信半疑であった。たしかに統合失調症を発病するまでの半生は平凡すぎると思う。平凡な両親のもとに平凡に生まれ、そして、平凡な学生生活を送り、平凡な結婚生活を送っていた。しかし、発病してからはどんなドラマでも観たことがないような激変的で悲劇的なドラマが怒濤のように押し寄せてくるのである。だから、今普通の人とはかなりかけ離れた人生を歩むようになり、平凡であることほど幸福なことは他にないのだなと感じている。

〝人とは違う人生を歩む〟といえば聞こえはいいが、真実はいばらの道である。いや、いばらの道でもいいから、目の前に道があるのはまだいいほうかもしれない。私の場合は道さえない。自分で鍬を持ち、一歩ずつ開墾していかなければ、前に進むことさえできないほど大変である。時々、手伝ってくれる人もいるが、根本的には一人で耕している。そして、たとえ道ができたとしても、アスファルトで舗装された歩きやすいあの道ではない。凸凹で石ころ、じゃりが靴の中に入ってくるわ、落石はあるわ、時に土砂崩れもあるわで危険きわまりない道を歩いていくのである。

統合失調症という病に対する偏見、差別を払拭していこうというこの仕事は始まったばかりであり、人々の頭の中にあるこちこちの宿便みたいな先入観はまだとけだす気配さえ見えない。仕方がない、もう1冊本を出すか、ああ、恥ずかしいなあ。家族のことを書くのも恥ずかしいし、自分の失敗を書くのはもっと恥ずかしい、半生記なんて恥のかたまりみたいなもので反省記だ。特に自分が発病してからとった奇妙奇天烈な行動を振り返り、反省することしきりである。

でも、もし私が恥をかくことにより、後に続く世代の誰か一人が助かるのであれば、それでいいではないか。3回ぐらい死にかけたことのある私だから、赤恥、青恥、大恥をかくことぐらいもう平気の平左になっている。というわけで、恥のてんこもり半生記、恥のフルコース半生記に興味のある方はぜひ、ご一読お願い致します。

意志あるところに道は開ける

塾で健常者の子どもたちに英語を教えていると、生徒たちの様々な個性に目を見張ることがある。人間には、体力勝負の肉体派と知的作業が適した頭脳派と感性の鋭い芸術派の、三つのタイプがあるのではないだろうか。

人間ほど個体差の大きい動物は他には見当たらないようだ。

中学三年生なのに小学三年生くらいの学力しかない子もいれば、逆に小学四年生なのに精神年齢は中学生レベルという子もいる。こんな風に考えれば、そもそも健常者と障害者という区別なんて、人ひとりずつの個人差に比べれば微々たるものなのではないだろうか。

小学生の英会話クラスで〝Hot dog, please.〟を「熱い犬、ください」と訳した生徒がいた。私が「ホットドッグはウインナーソーセージの入った長いパンだよ」と説明すると、彼は真顔で「ええー、あのソーセージは犬の肉でできてたん?」と答え、教室は爆笑の渦に。生徒たちの奇想天外な発想には度肝を抜かされてしまう。

中学生は、〝June is shorter than July.〟を「ジュンはジュリーより背が低い」と訳し、まったく間違いに気付いていない（正解は「六月は七月より短い」）。確かにJulyはジュリーとも読めるし、彼の英語の成績はかなり良いほうなのだが、皆を笑わせるためにわざと誤訳したわけではないようである。

高校生は、〝He went to the seaside for the sake of health.〟を「彼は新鮮な鮭を求めて、海辺に出かけた」と訳して平然としている。正解は「彼は保養のために海辺に行った」なのだが、sakeをサケとローマ字読みにして、ニコニコ微笑んでいる。

「なんで違うの?」と自分の正当性を主張し続けるM君。彼は府内のかなり有名な進学校に通い、コンピューターのソフトのプラグラミングを作る天才少年なのだが、こと英語に関しては音痴に近かった。

頭脳派の中でも数学は優秀だが語学はまったく駄目という生徒もいるし、本当に人間の能力は千差万別どころか億差兆別といってもいいくらい異なっている。人類全体を一つの種と考えるのもどうかと思うくらい各国の文化には驚くほどの違いがあるし、個々人の才能や適性には人の数だけ分類があると思って間違いないようである。

そんな中で人とは違う自分だけの答えを見つけ、一つの道を選択し、その道を歩き続けた人だけが才能を開花させていくのかもしれない。

There is a will, there is a way.（意志あるところに道は開ける）

マイナスの持つ力

いつの時代でも、どんな社会でも、少数派の障がい者や部落民、在日韓国人は邪魔者扱いされてきたかもしれない。社会の負の財産としてマイノリティは常にマジョリティの迫害を受けてきた。

発病前の私は大学教員の夫と二人の子どもたちに囲まれ、外側から見ると幸せそうな生活を送っていたけれども、本当のところ、そうではなかったように思う。誰かの妻であり、子どもたちの母であった私は、いつも自分を殺して生きていた。その代償として、マジョリティの一員であるという安全な切符を手にしていたわけであるが。

33歳のとき、統合失調症を発病して、私はすべてを失った。離婚して、実家に帰り、フリーターになって下の子どもだけを引き取って、今は暮らしている。経済的には楽でないかもしれないが、今のほうが昔より、ずっと本当の自分を生きているような気がする。

　私はもうマジョリティ社会の一員ではないから、何者にも縛られることはないし、自分に嘘をついて生きていく必要もない。子どもの母親としての役割は残されているけれども、それは自分のアイデンティティを裏切るものではない。ごく自然にいい加減でずぼらな母業を演じている。

　だから、今はマイノリティの一員でよかったなと思う。もともと、ボヘミアン的な私が家庭の主婦におさまるなんて、どだい無理な話だったのだ。そして、同じく少数派の人たちと接していると、彼らは多数派の人たちよりずっと生き生きしていて、みんな楽しそうに見える。

　会社に滅私奉公しているサラリーマンが満員電車の中で死んだ魚のような目をして疲れきっているのに、当事者活動をしている男たちの目には光がある。結婚して子どもがいる主婦たちも身だしなみは我々よりきれいかもしれないが、澱んだ水の中にいるフナのように窒息しかかっている。

　マイノリティ万歳！　少数派は闘わなければ生きていけない。澱んだ水の中で窒息しかかっている暇はないし、日々戦闘態勢なので、退屈している暇もない。そして、マイナスの力をいたるところで発揮していかなければ、社会的に抹殺されてしまう恐れさえある。だからこそ、マイナスが集結すると結構怖いのだ。マイナス×マイナスが突如、プラスに変貌するようにいつのまにか、マジョリティを席巻し、はるかに追いぬいてしまう場合さえある。

　少数派のみなさん、マイノリティでいることはある意味、スリリングな人生を楽しむことができる特権だと思いませんか。一度しかない人生、人とは違った生き方をしてみるのも冒険的で楽しいと思う。そして、いついかなる時もその冒険の中で新たなことに挑戦し、予測しえないプラスの力を発揮していきたいと願っている。

学問に王道なし

統合失調症は馬鹿になってしまう病気だと勘違いされている人がいるかもしれない。発病当初、私も家にあった古い辞典で「精神分裂症」について調べると、「早発性痴呆症」と記載されていて、正直、大きなショックを受けた。

しかし、現在発病して13年を経過しているが、幸運なことに痴呆にもなっていなければ、廃人にもなっていないようである。今は薬がとても良くなって、かなりの確率で治っていく病気なのである。このことが、一般の人に正しく理解されていないため、必要以上にこの病気が忌み嫌われているように思う。

私の場合、元々馬鹿だったので、今も昔も変わらないという説もあるが、今のほうが昔よりはるかに脳を酷使していることは確かなようである。発病前の私は乳幼児を育児中の専業主婦だった。それはそれなりに平凡で幸せな生活を送っていたと思うが、子育てに追われ、新聞さえろくに読む暇もなかった。一日中、子どものおしめを替え、離乳食を作り、夜はぼろぞうきんのように疲れ果て、ただ寝るだけの生活。

およそ、知的なこととは縁遠い肉体を酷使する母業を5年ほど続けていると、脳の機能はどんどん退化していくようである。

ところが、下の子どもが9か月の頃、私は統合失調症を発病し、その後4年ほどたって、病気のことが原因で離婚することになった。5歳の娘を引き取り、母子家庭の母となった私は働かざるをえなくなった。脳の病気だからと甘えているわけにはいかない。

いろいろな仕事を転々としたけれど、現在は塾の先生をしている。その上、学生時代、作文や感想文を書くことが大の苦手で居残り組の常連だった私が、なぜか文章を書くようになった。来年の今頃には2冊目の本を上梓する予定である。

脳の病気になって、以前よりも知的な仕事を始めるなんてことがありえるわけである。自分でもアンビリーバボーと思いながら、次々と連載の締めきりが迫ってくるので、深く考えている暇さえない。幻覚に蝕まれた脳、1日12時間の睡眠を必要とする脳を常にフル稼働で酷使している。「窮すれば通じる」「必要は発明の母なり」というわけで、やらざるをえないとなると何とかなるものである。塾では障害者の私が健常者の子どもを教えている。生徒たちの迷訳珍訳に抱腹絶倒する日々であるが、それはそれなりに充実していて楽しい。

まさに、There is no royal road to learning.（学問に王道なし）

疾病利得

統合失調症になって、よかったと思うことが結構ある。まず、たいした才能もないのに潮文社から本を出すことができたこと。私程度の文才では壮大な小説も書けないし、健康であれば平凡な主婦として一生を終えただろうに、今は何かしら書いている。統合失調症という特殊な病気の体験をしたから、運良く文筆家の端くれになれたのだと思う。このことについて、やはり、病気に感謝すべきだろう。

そして、病気の体験を書いた程度なら、1冊出して終わりだろうと思っていたのだが、これまた世間の人にあまり実像が知られていない病気ということで、運良く読売新聞の健康&医療コーナーにて連載を書かせていただくことになった。私を拾ってくれた読売新聞の原さんは私の命の恩人という感じがする。読売の本社に私は足を向けて寝ることはできないし、我が家は今後死ぬまでずっと読売新聞をとり続けるだろう。そして、この読売の連載も1冊の本になる予定である。本当に謝々（シェイシェイ）。

そして、私はこの2冊の本を出して今度こそ本当に終わるだろうと思っていたのだが、今度は解放出版社の尾上さんから、半生記を書いてみないかというお誘いをいただいた。本当に私は運が良い。これまた、統合失調症の女性が書いた半生記は類書がなく、初めての試みということが大きな理由であった。もともと、人口の1％が発病するので、珍しい病気ではないのだが、その恐ろしいまでのスティグマ（偏見）ゆえにあたかもこの世に存在しない病気であるかのように封印されてきたことが原因であると思う。統合失調症になっても「私は統合失調症よ」と自分から言う人は皆無だし、家族もみんな息を潜めて暮らしているので、半生記など喜んで出版する人はいない。

けれど、もう21世紀なのだから、そろそろ汚名返上といきたいものだ。私のようなおばさんではなく、だれか若くて美しく、才能のある統合失調症の人が世に出て、一世を風靡し、今までのバッドイメージを一挙に払拭してくれないだろうか。将来のことは保証できないが、勇気ある若者の登場を願っている。

そしてまた、もともと引っ込み思案で人前で話すことなど大の苦手だった私が、このごろは講演会などを行っている。これも最初はとてもできないと思っていたのに、慣れてくると一つの楽しみになってくるから不思議だ。行く先々でその地方のおいしいものを食べることができ、新しい人との出会いがあり、講演料ももらえるので、一石三鳥である。

講演の内容などはあまり覚えていないのだが、姫路で食べた刺身はうまかったとか奈良で食べた山菜料理がおいしかったという記憶は鮮明である。これも統合失調症という病名を明らかにして人前で話す人が少なく、ライバルがほとんどいないという理由で、私ごときでも地方に招かれるのである。

統合失調症になって本当によかったなあ。本は出せるし、講演会に行っておいしいものは食べられるし、お土産がもらえることもある。統合失調症で人前に出る人は、現在のところまだ希少価値がある。だからこそ、今なら稼げる。というわけで、統合失調症の人たち、いつまでも隠れていないで、そろそろ日のあたるところに出てきませんか。結構楽しいし、得することもあるかもしれませんよ。これこそ本当の疾病利得なのだが、そのことに気付いている人は現在のところ、まだ少ないようである。

統合失調症のアスリートはいないのか

お正月、なにをしていたかというと、ひたすら食っちゃ寝、食っちゃ寝を繰り返していた。しかし、本はたくさん読めたし、テレビもゆっくりと見ることができた。ところが、3か月過ぎて、体重計に乗ってみると、なんと体重が○キロもふえているではないか。

体の病気の場合、だいたい、闘病生活が長くなるとやせていくのが普通だが、精神病の場合、逆のケースがほとんど。薬に食欲増進の副作用があるものが多いからかもしれないが、精神病になるとおそらく食べることしか楽しみがなくなるからではないだろうか。遠出をしたくても、体力的、経済的、精神的に無理な場合が多く、スポーツなんかはしんどくて、とてもできない。そこで、食欲に走るのだろう。

思えば、精神障害者はパラリンピックにも出場できない。統合失調症の人がフルマラソン走破といってもたぶんニュースにならないだろう。これって立派な障害差別だと思う。

統合失調症のりっぱなアスリート、いつの日かこの目で見てみたい。そして、私もいつの日か、たとえば、「徒歩で日本列島縦断」なんて記録をうちたててみたいものだ。

太陽になったおっちゃん

桜の花が咲く季節になると、いつも思い出す人がいる。おっちゃんは今頃、天国でどうしとるかな？

いつも桜の花の下にすわり、缶チューハイを飲みながら、真っ赤な顔をして、微笑んでいたおっちゃん。そこだけぽかぽかとあったかくて、みんながこたつのまわりに集まるようにおっちゃんを取り囲んですわっていた。

「おっちゃん、熱があるんとちがうか」

おでこに手を当てると、ほんまに熱かったりした。

「こんなん、病気のうちにはいらん」

おっちゃんは統合失調症を患っていたから、それ以外の病気は病気やないと思っていたみたいや。

そんなおっちゃんがおらんようになってから、花見はいつも寒い。みんなで盛り上げようとがんばっても、どことなく寂しうて、黄昏れてしまうんや。

おっちゃんは元気やったころは、地方新聞の記者をしていたそうや。ぼーとしているかと思うと、誰も知らん難しい四文字熟語を急に説明し始めたりして、そのアンバランスが面白かった。

けれども、統合失調症を発病してからは、新聞社もやめて、生活保護を受けて、一人暮らしをするようになった。女っけも全然なくて、風呂にもめったに入らんかったから、しょうゆの腐ったような臭いがいつも漂っていた。

おっちゃんがぼちぼちクラブに来ると、風向きによっては10mぐらい先にいても、おっちゃんの臭いが漂ってきた。女の子たちが、「きゃー、おっちゃんが来た、避難や」って言って、奥の部屋に移動してたなあ。

でも、しばらくするとそんな匂いにも慣れてきて、逆になんとなく懐かしくなってしまう。そして、いつのまにか、またおっちゃんの周りには人がいっぱい集まってたなあ。

「おっちゃん、そのズボン、サイズあってへんのとちがう?」

おっちゃんは大食いで太っているのに、若いときはいていたズボンをそのままはいていた。だから、チャックがしまらなくて、座ったりするとチャックがダーと下がってしまうんや。

「女の人の前で失礼やで」とかみんな言ってたけれど、おっちゃんは全然、気にしてへんかったなあ。

髪の毛はラーメンみたいなもじゃもじゃのくせ毛で、くしでとかへんから、いつもくしゃくしゃやった。そんな髪の毛に紅葉の葉っぱや桜の花びらやくもの巣なんかがよくからまってたなあ。髪の毛を見ただけで、今日歩いてきたルートがすぐわかるってみんな笑ってたなあ。

そんなおっちゃんにも行きつけの店があった。お金がないから、無料で食べられるお店ばっかりや。いっつもぎりぎりまで空腹を我慢して、「カレーライス大盛り3杯食べれば無料」「ぎょうざ10人前完食無料」のお店によく行っとったなあ。でも、毎回おっちゃんが完食してしまうので、店主が「あのおっちゃんに毎日来られたら、商売あがったりや」言うて、何回目かには出入り禁止になったそうや。それからは大勢で居酒屋に行って、食べるだけ食べて、そろそろお勘定というころになると姿を消すようになってたらしい。金持ちの友達とつるんでたから、うまいことといったんや。

それから、女の人にもお上手を言って近づいてくる。

「森さん、このごろ、きれいになったね。彼氏でもできたんとちがう?」

なんでおっちゃんはこんなお世辞を言うんやろうと首を傾げていると、

「ちょっと、500円貸してくれる?」ということやったなあ。

私が500円玉を差し出すと、しばらくして、また別の女の人のところに行って、同じことを言うとった。せめて、私の聞こえへん所でやってほしかったなあ。こうやって寸借したお金をおっちゃんが女の人に返したという話は聞いたことなかったなあ。

夏になるとクーラーのあるお金持ちの友達の家に泊まりに行き、秋風が吹くころには自分のアパートに戻っていく。そして、冬になると床暖房のある別の友達の家に泊まりに行ってたなあ。

そんな渡り鳥みたいな生活をしていたおっちゃんが、失火が原因で亡くなったのは冬の寒い日やった。

「おっちゃん、さいなら。花見の日には太陽になって、私らの寒い気持ちをあったかくしてほしいねん。そして、心の病の人たちも陽のあたる場所にいつもおれる日が来るように照らし続けてほしいねん」

享年44歳、おっちゃんのご冥福をお祈りいたします。

障害者と健常者の違いって何？

障害者の反対語は何だろうかと考えてみた。すると健常者という言葉が浮かんだのだが、人間をこの二つのグループにはっきりと区分けするのはかなり難しいように思う。一生を通じて健常者という人はこの世に絶対いないはずだからである。

おぎゃーと生まれた赤ん坊は這うことも歩くこともできない。排泄の始末も自分ではできないし、歯もはえていないので普通の食事をとることもできない。赤ちゃんってれっきとした障害者ではないだろうか。とにかく2、3歳ぐらいまでは母親の介助なしでは一日たりとも一人で生きていくことはできない。オムツをつけ、離乳食を食べさせてもらい、どこかに出かける時にはベビーカーに乗せてもらう。少しずつ自分のことができるようになっていくけれど、10歳ぐらいになってもまだ食事は誰かに作ってもらっているだろうし、真の意味でりっぱな健常者になったとは言えないと思う。そうして、18歳ぐらいになってなんとか一人前の健常者になったとしよう。ところが、インフルエンザに罹り3日間高熱で動けなくなれば、また障害者に逆戻りである。あるいはけがをして松葉杖になったりすれば、何週間かの間やはり障害者である。

女性であれば、妊娠中の10か月はほぼ障害者の状態に近い。体が重くなり、ゆっくりでないと動けないし、つわりがひどくなれば一人で食事をとることもできなくなる。

さらに成人男性の中には「めし、ふろ、ねる」で自分の下着がどこにしまってあるのかさえわからない人もいるだろうし、成人女性の中にもパラサイトシングルで料理なんか一度も作ったことがないという人もいるだろう（彼らはりっぱな健常者である）。

このように考えていくと、同じ人間を健常者 vs 障害者みたいに二分することに大きな無理を感じてしまう。年をとれば、今度は耳が遠くなり、目も悪くなっていく。歯が抜けてしまえば、刻み食やミキサー食の食事をとることになるだろうし、最後にはたいていの人がみんな寝たきりになり、身の回りの世話なども誰かにしてもらうことになるだろう。こうなると私は精神障害者である、けれどそれがどうした？ という感じになりはしないか。障害も生のバリエーションの一種にすぎない。病気やけがは治るけれど、治らなかった場合に障害者になるという定義の仕方もあるかもしれないが、説得力に今一つ欠ける。

いま健康な人も本当はすべて潜在的障害者であり、明日はどうなっているかわからないというのが本当のところではないだろうか。つまり、あなたも私も潜伏期間付き障害者である。

潜伏期間の長短には個人差があるが、いずれみーんな障害者になるのであるから、やはりこれはごく一部の人の問題ではなく、人類全体の問題として、世界的規模で取り組むべきである。あなたが先か、私が先か、順番はわからない。けれど、今日元気なあなたも障害者予備軍であることだけは間違いないのである。

暗越奈良街道

地下鉄今里駅を出て、ＵＦＪ銀行の前の大通りをまっすぐ東に向かうと、「暗越奈良街道」の立て札がある。大阪、奈良間をつなぎ、多くの人々の往来でにぎわった街道で、「くらがりごえならかいどう」と読む。

初めてこの立て札を見た時、ずいぶん変わった名前の街道だと思ったし、読み方もよくわからなかった。この街道は高麗橋を起点とする奈良と大阪を結ぶ街道で、その昔は最短距離のルートでインドの僧など多くの人々が行き来したそうである。そして、生駒山脈を越える際に暗峠（くらがりとうげ）を経由することから、こう名づけられたということである。

私は毎週木曜日、この「暗越奈良街道」の立て札を越えて、ぼちぼちクラブの電話相談の有償ボランティアに出かける。そして、いつもここがシャバとあの世の境目のような気がしてならない。

精神障害者になると、この世でもなく、あの世でもないこの世とあの世の境目あたりにある別の世に生きているような感覚に陥る。つまり、死んでいるわけではないのだが、この世で本当の自分を生きるわけにもいかないジレンマに陥るのである。障害を隠して生きているこの世での姿は借り物のようで、かといって体の病気のように潔く死んでしまうわけでもない。ペンディングの人生を別の世界で生きているような感覚といえば、おわかりいただけるだろうか。執行猶予のついた死刑囚とか、仮釈放でこの世に出てきている囚人のような感覚で人生レースにかろうじて参加している、そんな感じである。

真実の姿に戻れるのは、この暗越街道を越え、ぼちぼちクラブにワープした時だけである。この街道を越えるといつも本当に暗闇から解き放たれるような感じがして、体が若干軽くなる。重かった足取りがもう少しでぼちぼちクラブにたどり着けるという思いから、心なしか軽くなり、心の中の暗雲もすっと晴れていくかのようだ。

時の流れを感じる古い民家や工場跡のほか、商店街に軒を連ねる多くの店もレトロな佇まいそのままで、人々の生活に根づいている。一瞬、昭和の初期に戻ったような感覚に陥り、はるか昔の人々の暮らしに思いをはせながら、自分の体も心もまだ健康だった時の状態にタイムスリップしていく。

少しずつ、元気がでてきた。あと一歩、あと一歩と暗闇を背に私は昇り行く太陽に向かって歩いていく。この大阪にもしもぼちぼちクラブがなかったら、私は生きていなかったかもしれない。たくさんの仲間のユーモアや笑顔、あったかいハートの支えあいがあって、私は自分の心の暗闇のトンネルをなんとかくぐりぬけることができたのだ。お金がなくても、社会的地位がなくても、ただ生きているだけで価値のある人間の尊さを仲間は教えてくれた。

帰り道、私は再び暗越奈良街道を越える。とっぷりと暮れた夜の闇の中に吸い込まれるように地下鉄の階段を降りていく。ああ、つかの間の太陽だった。これからまた1週間暗闇の中で一人過ごす生活は再び仮の姿で、人生劇場での大芝居なのだ。

だけど、それはそれでいいじゃないか。健康な人だって、理性のベールを被って生きている。私の仮面も二重三重の堅固なものかもしれないけれど、政治家や財界人の被っている仮面に比べれば、パンダの着ぐるみみたいにずっと可愛らしいものであるに違いない。

もしも、精神病になり、今も暗闇の中を一人さまよっている人がいたなら、ぜひ、この暗越奈良街道を越えて、ぼちぼちクラブにお越しいただきたいと思う。

これでは自立できない！　障害者自立支援法

障害者自立支援法はたぶん、厚労省の高給取りの官僚がたが考案したものであろうことから、大阪では「障害者の事実知らん阿呆」と呼ばれていることをご存じだろうか。ワーキングプアよりさらに悲惨な生活を送ることを余儀なくされている精神障害者の実態は、まったく理解されていないようである。

三障害がいっしょになったといっても、すべての医療費が無料になるのは身体障害者の方だけである。精神障害者も薬の副作用などが原因で、糖尿病になったり脂質異常症になったり肝臓を患っている人も多いのに、医療費の支援がないとますます経済的に困窮することになってしまう。また、精神科の医療費の公費負担制度を利用するためには、1年に一度診断書を提出しなければならず、この費用もばかにならない。

さらに作業所を利用するのに収入に応じて利用料がかかる場合があるので、通所すること自体をやめようとしている人たちもいるらしい。作業所の賃金が安すぎて、利用料以上に稼ぐことが難しいというのがその理由である。まず、作業所を職場と位置づけるのであれば、職場に通うのに利用料を支払うのはどう考えてもおかしい。あるいは作業所を職業訓練所と想定するのであれば、何年か通所すれば資格が得られるとか仕事を斡旋してもらえるというのなら、話は別である。しかし、現時点では作業所はどちらの役割を果たすにも不十分であるといえよう。

また、障害者雇用枠に精神障害者も入れたらしいが、この枠で運良く仕事を見つけたという話をまだ聞いたことがない。実際にはほとんど活用されていないのではないだろうか。

というわけで、精神障害者で生活していくのに十分な収入を得ている人はめったにいないのである。これでは、自立していこうという意欲は減退の一途をたどるであろう。

事実、私の周りでは、生活保護をとることが一番賢明だと豪語している人が多い。医療費も無料になるからである。自立できないのに「障害者自立支援法」とは、おへそが茶をわかしそうである。一日も早い内容の見直しと是正を願っている。

心あたたまるプレゼント

今、高槻地域生活支援センターでピアサポーターとして、光愛病院を訪問している。退院後の生活について入院患者さんにお話ししたりして、楽しく交流している。

そんな中、一人の入院患者さんと親しくなり、私は彼女の車椅子をおして、病院のあちこちを移動するようになった。ティッシュペーパーをいつも彼女に渡していたのだが、先日彼女から思いがけないやさしい言葉をいただいた。

「森さんにいつも親切にしてもらって、もらうばっかりで悪いから、ブレスレットを作ってあげる」とおっしゃってくださったのだ。私は仕事で来ているのだから、そんな気遣いはいいですよとお断りしたのだが、彼女は「どんな色が好き?」と尋ねてくる。足も不自由で一日のお小遣いは500円と決まっているのにそんな苦しい状況の中、他人にプレゼントをしたいと思うNさんの気持ちがとてもうれしかった。

精神病になる人はとても周りの人に気を遣う良い人が多いように思う。そして、人からどう思われているかを気にする人も多い。そうやって気疲れしてしまうから発病するのかもしれない。私もおかえしに京都のお土産をNさんにお渡しした。その日は心にぽっとあたたかい灯がともったようなすてきな気分だった。

講演は生きがい

この頃、講演の依頼がすごくふえてきている。以前は月に2回ぐらいのペースだったのが、月に6回とか二日連続というハードスケジュールになってきている。

土曜日に大阪市内で講演をやり、次の日、東京に日帰りで行ったときには明治神宮の神苑でふらふらし、倒れるかと思った。風邪をひいているときの講演もしんどい。薬を飲んで、咳をおさえ、必死の思いでこなしている。

でも、講演することがつらいとか、やめたいと思ったことは一度もない。なぜなら、私がしている仕事の中で一番社会的意義が大きいと思うからだ。統合失調症に対する正しい知識の普及と啓もう活動のために体をはってやっている。まだまだ人々の偏見が是正されていくという希望が見えない。きっと、死ぬまでこの仕事を続けることになるのだろうな。

◆森実恵への講演依頼は、morimiekokoro@yahoo.co.jpまで。

日精診の大会での講演は緊張した！

2月9日、（社）日本精神神経科診療所協会の大会が新大阪のチサンホテルで開かれた。この大会では久々に緊張感を味わった。全国の精神科診療所の先生方が一同に集まる大会、ということは、聴衆のほとんどが精神医療のプロである精神科医の先生方ということになろう。

白衣を着た鋭い眼光400が森実恵の講演を聴きに来てくださる。私はいつも病状について、自分の体験をもとに独自の表現を使って話をしているが、医学的にこの説明が正しいのかについて、プロに尋ねたことは一度もない。

幻聴が進化していく過程を、三人称、二人称、一人称、無人称、などの用語を用いて、説明するあたり、信憑性に乏しいという指摘が出るかもしれない。あるいは、私の知らない専門用語を使って、さらに難しい専門的な質問が出たらどうしようかという不安で一杯だった。ところが、質疑応答の時間はなく、恥をかかずにすんだのはラッキーだったと思う。

当日、おそるおそる会場を覗いてみると、そこにはごく普通のおじさん、おばさんたちもたくさん来られていた。市民講座であるから、当たり前なのだが、会場の様子を見て、少しほっとする。

それから、控え室に戻ると、そこには寝屋川市の三家クリニックの三家先生と茨木市の渡辺クリニックの渡辺先生、大東市のくすの木クリニックの田川先生が来られていた。北大阪の精神科医男前ベスト3と言われる先生方は、やさしく、私の緊張をほぐしてくださった。

いよいよ、講演が始まる。観客席に白衣は見当たらない（当たり前だ！）。講演が始まると、極度の近視のためか観客席の様子は全くわからなくなる。ひょっとしたら、あくびをしている人もいるかもしれないし、眠っている人もいるかもしれない。でも、みんなの丸い頭が全部たこ焼きのように見える。

無我夢中で話しているうちに講演はいつのまにか終わっていた。控え室でほっとしていると、三家先生がお茶をいれてくださった（精神科医の先生にお茶をいれてもらうなんて、すみません）。そのお茶のおいしかったこと、さらに湯のみの中を見ると、茶柱まで立っているではないか。これは大会の成功を示唆しているに違いない。

続いて、J・公山さんと寝屋川市の生活支援センター「あおぞら」所属のケロチャンズのコンサートが始まった。公山さんのエネルギッシュな歌と語りに乗せられて、ケロチャンズもさらにパワーアップしたようだ。

一般的に精神障害者はおとなしいと言われているが、ケロチャンズの歌と手話をまじえた踊りを見ているると、そんな先入観もふっとんでしまう。眠剤飲んでて、どこからこのエネルギーが涌き出てくるの？　というぐらいエキサイティングだった。

その後、コンサートの興奮冷めやらぬうちに、立食パーティが開かれた。おいしいご馳走もいただき、三家クリニックのスタッフの皆様と楽しく、談笑することもできた。

帰り道、とけ始めた雪に何度か転びそうになったが、大雪ゆえに思い出に残る忘れられない一日になったように思う。関係者の皆様、本当にありがとうございました。


新しいこと、大きなことに初めて挑戦しようとする時、いつも思い出す言葉がある。「私は常に自分のできないことしかしない。でも、そのできないことをずっとし続けていれば、できるようになるから不思議だ」。ピカソが言った言葉である。この言葉を座右の銘として、これからも勇気をふりしぼって、私もできそうにないことにチャレンジしていきたいと思う。

和田秀樹先生とのメール交換

有名な精神科医の和田秀樹先生にメールを送ってみた。ぜったい返事をもらえないと思っていたのに、思いがけずご本人から直接返事をいただくことができ、感激した。

和田秀樹先生の御高著『受験は要領』（ゴマ書房）、『数学は暗記だ！』（ブックマン社）を拝読し、娘が受験をのりきることができたので、この2冊を拙著の巻末にて紹介したいというお願いのメールを送ったのだ。

この件に御快諾いただき、ご本人から直接メールを頂いたことに驚いたのである。

和田秀樹先生といえば、精神科医、大学教授、学校の経営、緑鐵受験ゼミナールなどの予備校経営、映画監督など多彩な顔を持つ、まさにマルチタレントを地でいくような時の人である。

超多忙であるにもかかわらず、一読者、ファンの一人からのつまらないメールに直々に返事を下さるとは、なんと誠実ですてきな方なのだろう。普通、秘書の人とか出版社の人が代理でするものだろうに。この出来事にいたく感激し、ますます和田先生のファンになってしまった。

和田先生とのメール交換の概要をお知らせしたいと思います。

私：「初めてお便りを差し上げます大阪の森実恵と申します。精神障害について文筆活動をしており、今までに『心を乗っとられて』（潮文社）、『心の病をくぐりぬけて』（岩波ブックレット）、『なんとかなるよ統合失調症』（解放出版社）、『当事者が語る精神障害とのつきあい方』（明石書店）の4冊の本を上梓しております。和田先生の長年のファンで特に受験指南書『受験は要領』、『数学は暗記だ！』の2冊を拝読させていただき、娘が受験を乗りきることができましたので、お礼を申し上げたいと思い、メールを差し上げました。ぜひ、先生の御高著を拙著の巻末にてご紹介させていただきたいのですが、よろしいでしょうか。また、拙著を謹呈させていただきたいと思います。拙著もどこかでご紹介していただける機会がありましたら、どうぞよろしくお願い致します」

和田：「お便りをありがとうございます。ハンディがあっても何もしなければ、良い結果は得られないと思います。障害のある人の子育てについて書く機会がありましたら、紹介させていただくことは可能だと思います。ただ、今忙しく、本を送っていただいてもすぐに読めるかどうかわかりません。基本的に本は必要が生じたときに、読むようにしていますので」

私：「お返事をいただき、ありがとうございます。まさか、御本人から直接メールをいただけるとは思ってもいませんでした。私の本は今すぐにということではありません。将来、お役にたてる機会があれば、嬉しいです」

和田：「本を送っていただいて、読まないというのは失礼だと思いますので、代金を支払わせていただきたいのですが」

私：「はじめから謹呈するつもりでしたので、代金などは不要です。和田先生の今後のますますのご活躍をお祈りしています」

ざっとこういう感じです。和田秀樹さんはまず、一読者からのメールに直接お返事をくださる方であること、なおかつ本を献本する際に代金を支払うなどとおっしゃってくださる、やさしく気配りの出来すぎる方であることがわかったというわけです。というわけで、私はますます和田先生のファンになったのでした。

当たり前のことを幸せと感じることができる喜び

この度の東日本大震災で被害を受けた方々に心よりお見舞い申し上げます。

この地震により、亡くなられた方々、また被災された障害者の方々の窮状に思いをはせるとき、自分がなんてぜいたくな不平を言っていたのか気づかされる。

仕事がしんどい、大変だ、家事が煩わしい等々愚痴を連ねていた自分が恥ずかしい。毎日、仕事をさせていただけるありがたさ、平凡な家事ができる幸福に、遅ればせながら今やっと気がついた。

天変地異は忘れたころにやってくる。阪神淡路大震災の傷がようやくいえ、神戸の街が復興を遂げたころ、東北地方が大打撃を受けた。

これからは、不平は言うまい。精神障害者の置かれている窮状も焦眉の問題ではあるが、今は被災者の方々の一日も早い回復と復興を心よりお祈り申し上げます。

読売新聞にて、ついに顔出しを

2011年5月26日（木）読売新聞の夕刊でついに顔出しを決行した。今までに取材は何度も受けたことがあるが、写真撮影は二、三度しか経験がない。

光愛病院にて女性グループ「オアシスの会」を月に一度開いている。この日は患者さんと一緒に生け花を楽しんだ。満面の笑顔で撮影にのぞんだのだが、この写真撮影の長いこと、3、4枚撮って終わりと思っていたのだが、延々1時間近くかかったように思う。

この間、終始、微笑み続けるというのは、かなり大変だった。最後、退院間近の患者さんと握手をしながら、談笑しているシーンを特に熱心に撮影されていたので、場が持たず、必死の思い。常ににこやかに微笑みながら、手を振り続ける雅子さまのしんどさが痛いほど、わかった。カメラを向けられるのは、素人にはかなりのストレス。それが、一歩外に出れば、一日中ともなれば、さぞお疲れになるだろう。

さらに前日、ベランダの手すりのペンキ塗りをしたため、髪の毛に白いペンキが付着していたことが判明した。記者の原さんもカメラマンの近藤さんも気づかなかったのだろうか。

写真を見ると白髪ではない不自然な白い点々が……、しわやしみももっときれいに修正してほしかったなあ。

写真にはかなり悔いが残ったが、いい記事になった。この新聞記事が統合失調症に対する偏見を払拭する突破口になってくれればと思う。

腹がたっては大福をひとつ

統合失調症の人は一体、笑ったり、泣いたり、怒ったりするのだろうか、一般の人は疑問に思うかもしれない。精神の病といえば、表情はうつろで目は壁の一点を見つめ、動かない——私自身そんなイメージを抱いていたからだ。私の場合、発病してもう10年以上になるのだが、喜怒哀楽の表出は健康だった時より、さらに激しくなっているようである。バラエティ番組を見てはゲラゲラ笑い、ドラマや映画を見てはさめざめ泣き、怒るにいたっては1日3回以上子どもをどなりつけている。

先日、長女が「お母さん、この頃、太ってきたんとちがう？　ダイエットせなあかんよ」と言うので、「お母さんは癒し系やから、少しふっくらしとった方がいいんよ」と言い返した。すると、長女いわく「癒し系？　いやらしい系の間違いとちがうか？」。続いて次女いわく「癒し系？　いやしい系ならわかるけど」。つぎの瞬間、怒り爆発。「あんたらもう大人に近いねんから、自分のことは自分でしいや」。キレるととても怖い母親なのである。けれども、確かに私の心はいやらしいし、口もとてもいやしい。子どもたちの洞察力の鋭さにうなる。「こんな病気になって、人生のばつくじ引いた。大損や」私の心は常にこのような愚痴不平不満に満ちていて、実を言うと、健康な人たちの不幸を願っていたりもする。

先日も、裕福な専業主婦の友人がスイスに保養に出かけた時、心の中で「ああ、いいな。A子の乗った飛行機、落ちひんかなあ」と密かに人の不幸を望んでいたのだが、お土産のチョコレートはしっかり頂いた。そして、食べるしか楽しみがないので、食べる、食べる、食べる。病気ゆえにあまり働かず、稼ぎは他人の半分もないのに、だいたい2倍は食べている。我が家のエンゲル係数は高いのだ。

「ああ、くやしい。統合失調症にならんかったら、今ごろは私もスイスに行けたかもしれへんのに。こんな病気になって離婚したら、もう男もできへんやろう」ここで腹がたつので、大福を一つ食らう。「痛みのない改革はない言うて、痛いんは私ら障害者とか病気の人だけとちがうか」弱者切り捨ての小泉内閣に腹をたて、ショートケーキを一つ。「時代に逆行するような医療観察法案が成立し、介護保険といっしょくたにされて、私らの居場所がますます狭くなってきたわ」さらに腹をたて、板チョコを一枚。喜怒哀楽の中では怒りが突出している私。腹をたてては次から次へ物を食べ、果てしなく太っていくのである。この病気の人は社会的に孤立しがちだというが、そんなことはない。食べ歩き、飲み歩きでさらに人との絆を深め、泣き、笑い、怒りながら、今も人間（じんかん）に生きているのである。

実は私は教育ママ

統合失調症のお母さんはどんな風《ふう》だろうか、世間一般の人たちは想像がつかないかもしれない。一日中寝ていて、食事の用意もしないし、子どものことはほったらかしにしているのではと思われるかもしれない。

ところが、私の場合はというと、発病前より今のほうがお母さんとしては優等生になったようである。この病ゆえ子どもといつまで一緒にいることができるかわからないという不安もあるので、今この時を大切にしたいと願っている。というわけで、子どものお弁当は毎日きちんと作っている。中学入学以来1日もさぼったことはないし、朝食、夕食の準備も子どものためにきちんと手作りのものを用意している。

そして、さらに私はかなりの教育ママである。七田眞や井深大など早期教育の本を読み漁り、赤ちゃんの頃から徹底した教育ママであった。そして、やりだすと凝るほうなので、適当に手を抜くということができない。ひょっとするとこの早期教育のやりすぎで発病したのではないかと思うぐらいである。

当時、私は国家公務員の官舎に住んでいた。官舎の奥様はみな非常に教育熱心で、生後8か月でひらがなが読める子がごろごろいた。赤いマジックで大きく字を書き、生後すぐに教育を始めるとそういうことが可能になるらしい。ドッツカードなどを使えば、暗算の天才少年を作ることもできるということ。

私はこの二つはしなかったが、かなり細かくタイムスケジュールを決めて、子どもを教育していた。TVはNHKの教育番組をできるだけ見せて、お昼寝の時は必ず絵本の読み聞かせをした。家中の家具にひらがなを貼り、字を覚えさせたし、おやつの時には計算を教えた。

おやつを食べさせてもらえるまでにかなりの計算をしないといけないので、長女が怒ってクッキーの缶を私に投げつけたことがある。さらに、計算を嫌がり、5歳の長女がつっかけをはいて家出してしまったことがあったから、私もやりすぎたのかもしれない。寝る時には英語のテープや百人一首のテープなどを聴かせていた。その合間をぬって家事をしていたから、私も疲れていたのだろう。「もっといい加減にもっと適当にもっとわがままに生きなさい」と主治医に言われたことがあるが、それができないから発病したのである。

病状が重かった2年ほどは子どもと離れて暮らしていたが、次女を引き取ってからはまた元の教育ママに逆戻り。しかし、子どもの教育をせねばという焦りが病の回復を異常に早めたようでもある。「2年もほったらかしにしてごめん」、子どもはもう5歳になっていたから、黄金の3年間は過ぎ去っていたが、私は必死で教えた。

今年は長女が大学受験、次女が高校受験と、大変な年である。今は次女の塾の送り迎えに忙しく、休みの日はできる範囲で勉強を教えている。統合失調症の教育ママゴン、この世の人には最も想像しにくい怪物かもしれないが、ここに実在するのである。

幻覚は4Dの世界に似ている!?

夏休みはどこにも行かないはずであった。けれども、毎日子どもに「どこか行きたい」とせがまれ、漬物石のように重い腰をついに上げた。「どこか行くにしても人の多い所は勘弁してもらいたい」と私は率直に自分の希望を述べ、郊外へのハイキングなどを勧めてみたのだが、子どもが行きたい所は「愛知万博」「東京ディズニーランド」「ＵＳＪ」のように人があふれかえる場所ばかりである。

心の病になってから、人ごみに対する耐性がひどく落ちているのだが、子どもの希望とあっては仕方がない。ついにお盆休みにＵＳＪに行くことになった。そして、ある程度の人ごみは予想していたのだが、まさかこれほどまでにひどいとは思わなかった。

まず、入場券を買うのに既に長蛇の列ができている。待つこと30分、ようやくチケットを手に入れ、中に入るとここにはさらに長蛇の列が……４Ｄの〝セサミ・ストリート〟の映画を見るためにまず80分並ぶ。黒いサングラスのようなものをかけて画面を見ると、非常に立体的になった登場人物が目の前にまで飛び出してくる。この映像が何となく統合失調症の病状の一つである幻視に似てなくもない。透明感があって立体的な像がかなりリアルに見える。幻視で見える像に比べれば、やや稚拙ではあるけれど、疑似体験する場としては悪くないように思う。

さらに水しぶきがはねる場面では本当に水滴が体にかかり、足下から何かもぞもぞとくすぐるような感覚が湧き上がるあたりは、病状のひとつである体感幻覚に似ている。そこに誰もいないのに誰かにさわられているような感じがする幻覚であるが、これはかなり気持ち悪い。

クッキーが画面に映るとプーンと甘い匂いが漂ってくるところは幻臭に似ていた。しかし、口中にクッキーの味はしなかったので、幻味はまだ人工的に作りだすのが難しいようである。

最先端の科学はついにここまでできるようになったのかと感心しつつ、ＵＳＪの目玉商品である

〝スパイダーマン〟の行列の最後尾に加わる。ここでは待ち時間120分、病気の私としてはとても立って待っていることなどできない。しゃがんだり、手すりに座ったりしながら待ち続け、乗り物に乗る頃にはふらふらになっていた。3Dの〝スパイダーマン〟は映画以上の迫力である。まず、遊園地の乗り物といえば前に進むものだとばかり思っていたが、ここではバックしたり急発進したりと、動きがかなり不規則的であることが非常にスリリングである。

映像が上下200メートルくらいの動きを映し出すので、本当に急降下したり急浮上しているような感覚が味わえる。ここでも火が近づいてくると本当に熱い。

この後さらに、〝バック・トゥ・ザ・フューチャー〟に120分、〝E.T.〟も100分近く待って映像を堪能した。〝バック・トゥ・ザ・フューチャー〟では氷の柱や家の窓に激突するクラッシュシーンに迫力があったし、〝E.T.〟はファンタジックな宇宙ワールドを旅する楽しさがあった。

けれどもいつも幻覚に苛まれている身としては、さらに新たな幻覚を味わうために何時間も並んでまで、という気がしない。日常生活が平穏な人たちはおそらく刺激を求めてUSJに行くのだろうが、日々幻覚と闘う統合失調症の人なら、よけいなものは何も見えない、聞こえない、感じられない安息の世界に行きたいと願うだろう。

夜の9時までUSJにいて、財布は空っぽになり、最後に子どもの笑顔だけが残った。

若さはじける文化祭

今年も夏がようやく終わりを告げようとしている。今年の夏休み、なにか楽しいことをしていたかというとnothing。次女は大学受験に備えて、毎日予備校通い、私は五十肩になり、鍼灸院に通っていた。

本当にもう年だなと思う。後ろファスナーの服が着られなくなり、次女に衣服の着脱を手伝ってもらうはめに。「もう、まだ若いねんから、自分のことは自分でできるようにしてよ」と子どもに説教される始末。

そんな中、先日、久々に心を若返らせる楽しい出来事があった。次女の高校の文化祭である。劇『美女と野獣』のなんと美女役に抜擢された娘は、毎日鏡を眺めながら、化粧の練習ばかりしている。文化祭当日まで、肉抜き、甘いもの抜きのダイエットに励んでいた。

私も当日、ドキドキ感を抑えて、劇場に。そこには化粧化けしたわが娘の姿が。王子との抱擁シーン、キスシーンも無事にやり遂げ、ほっと胸をなでおろした。舞台の後は中庭で写真撮影。高校生活最後の文化祭、感きわまったのか、女の子たちが号泣している。普段、家ではクールな娘も同級生と手を取り合って、泣いているではないか。ああ、青春っていいなあ、若いって素晴らしい。「私にもあんな時があったのに」ノスタルジックな気分に浸りながら、遠くから娘を眺めていた。この日はクラスの打ち上げで夜の11時ごろに帰ってきた娘。すでに化粧ははがれおち、すっぴんに。そして、次の日から食べること、食べること、パンナコッタにアイスクリーム、パスタなどお肌のために我慢していたおいしいものを食べつくしていた。

一昨日、友人が大量服薬して、救急車で病院に運ばれ、気持ちは大きくブルーに傾いていたが、食欲旺盛な娘を見て、少し元気が出てきた。この若さいっぱいの娘のために、そして、この旺盛な食欲を満たすためにまだまだ、働かなくちゃ。肩は痛いけれど、私には「引退」の文字はない。たとえ、ワーキングプアでも生涯現役で働き続けるぞ、決意を新たにした一日であった。

孫が生まれた！

遅くなりましたが、新年明けましておめでとうございます。年末に長女が出産し、ついに私もおばあさんになってしまった。こんなに早く孫ができるとは思ってもみなかったので、まだ実感がわかない。

陣痛が始まって、わずか1時間半で生まれたので、初産にしては安産だったのだろう。毎日、産院に通っていたので、大掃除もほとんどできず、正月になってから、とりかかる羽目に……トホホ。

初孫の誕生はうれしいはずなのだが、苦しみも少しはある。ああ、私の統合失調症になりやすい体質（脳質）のようなものが遺伝したらどうしよう、こんな苦しみを自分の孫に味わわせたくないと思ってしまう。

でも、きっと孫が成長するころには、良い薬ができ（一説によると2025年には統合失調症を完治させる薬ができるという）、さらに世間の人たちの偏見や差別なんかもあとかたもなく、消えてしまっているかもしれないと楽観的に考えていくべきか。

いや、万が一、薬も未完成で、ばりばりのスティグマが残っていたとしても、孫に私のやり残した仕事を継いでもらうことができればと思うことにしたい。この仕事を一代で終えることができるとはとても思われない。その場合、子や孫にこの同じ苦しみを経験させたくなければ、子々孫々、当事者活動を続けていくしかないのではないか。

そういう意味でも統合失調症の人たちが結婚し、子どもを残すことには大きな社会的意義があると感じた新年であった。それと、統合失調症が発病する家系には実は偉業を成し遂げた人が多いということもつけ加えておきたい。

親ばか自慢

次女の大学受験まであと1週間をきった。本当のことを言うと、この病気で女手一つで子どもを育てていくことはものすごく大変だ。しかし、不出来な親を反面教師に子どもたちはなんとか人並みに育ってくれている。

たまには精神障害者にも自慢話をさせてほしいので、ここで子どもたちの素晴らしさについて触れたい（許してね）。

長女は夫に引き取られたが、夫は離婚後別の女性と再婚し、再び離婚、今は三度目の結婚をして別のところに住んでいる。父、母不在で祖母が一人で育ててくれたようなものだが、普通こういう家庭環境だと勉強どころではなく、道をふみはずす可能性のほうが大きいだろう。

しかし、長女は塾にも行かず、中学時代は学年でひとけたぐらいの成績をキープ、校区外の県立高校に進学し、一浪後、某県立医大の看護学科に進学した。

次女は私に引き取られ、これまた貧乏生活を体験、祖父母の温かい愛情に恵まれてはいたものの、家庭環境不遇ななか、小学校、中学校を通じて、やはり成績はトップクラス、さらに人格円満でいじめを解決したり、不登校の子を立ち直らせたりする優しさと強さを併せ持っていた。校区内2番手の進学校に進み、理系クラスに進学、今春国立大学一本で受験にのぞむ（まあ、これは親の経済力のなさに一因があるのだが）。

これってすごくない？　奇跡に近いことじゃない？

精神障害者の母親に子育ては無理だという偏見があるとしたら、私は自分の娘たちの自慢話をしてやりたい。

健康な母親でも家事をしない、自分は遊びまわっている、子どもの教育に関心がない人も中にはいるだろう。適切な支援がなくても、精神障害者で片親でも頑張って子育てをしている人がいるということを一般の人たちにもわかってもらいたいと思う（最後に子どもたちにあたたかい拍手をお願い致します)。

子どもが大学に合格した!

前稿で、この病気で女手一つで子どもを育てるのは本当に大変だと書いた。しかし、次女は無事に今春現役で国立大学に合格した。一流どころではないけれども、理系の教員養成学部である。実をいうと、センターでこけてから、子どもではなく、私のほうがおかしくなっていた。

センターの点数が足りない! 現役で国立、しかも自宅から通える範囲内の大学にはおのずと限りがある。地方へ飛べばなんとかなるが、都心部でこの点数で入れる大学を捜すのは本当に大変だった。パソコンを駆使して、センターリサーチを行い、なんとか志望校を決めたものの、D判定かC判定ばかりで、合格可能性は低い。

しかし、ここはたとえ病気といえども、現役塾講師。偏差値とか合否判定が実際にはあまり大きな意味を持たないことを熟知している。

つまり、その大学の合格最低点がとれれば、合格するのであって、とれなければ不合格になる。このあたりをつめていくと、二次試験で娘が得意な英数で65%とれれば、合格できるP大学にするしかない。

それから、3週間つきっきりで英語については私が猛特訓。幻聴の飛び交う頭で国立大学の英語の入試問題を指導するなんて死ぬほどしんどかった。その上、某県立大学を目指している子どもの友人にもボランティアで英語を教えるはめになった。大体、毎回、予習に2時間、教えるのに3時間半ぐらいかかっただろうか。

でも現役で合格しなければ予備校費用が100万ぐらいかかるわけで、背に腹はかえられない。こうして、前期試験で見事に第一志望をクリアーした。祝、合格!

合格するその日まで親子とも吐き気が止まらず、超食欲不振。体重が2キロ減。おまけに英語の構文で頭がしめつけられ、偏頭痛もひどかった。

ああ、これでやっとおいしくご飯が食べられる、めでたし、めでたし。

ちなみに前述の友人もセンター6割なかったが合格したし、もう一人の友人もセンター7割5分で京大の工学部に合格したそうだ。

娘の自立

4月4日、ついに次女が大学近くへ引っ越した。2時間半の遠距離通学に1年間よく耐えてくれたと思う。2年になれば、実験や教育実習も始まる、というわけでひとり立ちの時が来た。

去年の7月、父が亡くなり、今娘まで一人暮らしを始めるとなると私のほうは空の巣症候群におそわれても不思議はない。

引越し代節約のため、女二人で冷蔵庫を運んだりしたものだから、しばらくはバタバタしていて、寂しさを感じるゆとりがなかった。しかし、最近は毎朝5時にセットしていた目覚まし時計もオフにして好きなだけ寝ることができるというのに、なぜか空しい。

山科に花見に行き、醍醐寺の豪華絢爛な桜を見ても、一抹の寂しさを感じる。今までは一人で出かけても、家に帰れば娘がいたから、癒されていたのだと気づく。

手のこんだ料理を作っても、食べてくれるのが母と妹だけなら、メタボ症候群に拍車をかけるだけと、やりがいをなくしてしまう。

ああ、早く卒業して帰ってきてほしい。いや、卒業したら、就職して、あるいは結婚してもっと遠くに行ってしまうのかもしれない。娘は一人でも毎日とても楽しそうに暮らしているのに、子離れできない幼稚な母親はまだ第二の人生を踏み出せないでいる。

死ぬのにいくらかかるか

去年の7月、父が急に亡くなったので、親孝行らしいことが何もできなかった。

ただ、あまりに急だったために葬式についての予備知識がなく、葬儀会社のいいなりになってしまったことが腹立たしい。

初めに見せられたのは、祭壇の値段表だった。30万、50万、100万、200万など、いったい花一本いくらするのだろうという疑問を抱きながら、母は葬儀会社に言われたとおりの祭壇を選んだ。

死亡診断書を医院に取りに行くことをお願いしたら、それは別料金、役所にも回ってもらって、2万円ほど請求された。

さらにお骨を焼きに行くときと、また後で骨を拾いに行くときも親族全員が強制的に参加させられ、マイクロバス代を2回分請求された。骨を拾いに行くのは身内だけでもよかったのではと思う。

通夜の席、葬儀の日の懐石料理、飲み物代はもちろん、別料金で、しめて二百数十万円の請求書が届いたときには、驚いたがあとの祭りだった。ただ、これが平均的な値段だという。

しかもクレジット払いは不可で、現金で一括で支払わねばならない。お坊さんには20分ぐらいお経をあげて頂いて、23万円のお布施が相場。

死ぬのにこんなにお金がかかるのなら、私は当分死ねない。葬儀費用を貯めるのに死ぬまで働かなくてはならない。

やぶがらしとの格闘

父が亡くなって、早2か月が過ぎた。亡くなってから、父の偉大さがわかったといえば、手遅れだが、後悔先に立たずとはこのことである。まず1か月ほどたつと、冷蔵庫の中の食材が底をつき始め、すきすきになってきた。

残り物で作る夕食は、女3人で食べるとわびしさが一層募る。いつも冷蔵庫にあるのが当たり前の梅干し、キムチ、スイカなどがどこにもないのである。買いに行く人がいなくなったのだから、当たり前だが……。

さらに1か月ほどたつと、庭は荒れ放題のぼうぼうに。小枝ほどの太さになったやぶがらしが庭を席巻し、木蓮、松の木などに執拗にからみつき、廃屋のようになっていた。

つる植物の力あな恐ろし。茎にぶらさがり、体重をかけてぶっちぎるということを繰り返し、いつのまにかやぶがらしの残骸はゴミ袋13袋にもなっていた。私は体中にやぶがらしがからみつく悪夢をみるようになり、植物にも命を絶たれた恨みのようなものがあるのだと確信する。

次の日、起きると、最後のやぶがらしが最後の力をふりしぼり、物干しざおにからみついているのを発見した。なんという生命力、まったく日の射さない屋根のある物干し場に一晩で姿を現すとは思いもよらなかった。

このやぶがらし、根っこは姿形《すがたかたち》見せず、いつのまにか飼い主にからみつき、栄養を吸い取ってしまうところ、何となく幻聴に似てなくもない。ただ、幻聴は飼い主を殺してしまうと自分も死ぬが、やぶがらしの場合、つるを伸ばして、別の木にからまりつき、ますます繁茂していくところがすごい。父が手入れしてくれていたから、庭はいつもあんなにきれいだったのだ。

来年の夏はやぶがらしが生い茂る前に絶対草刈りを始めよう。庭仕事は先手必勝だ。

ご家族の心がまえ

関西国際大学である精神科医の講義を拝聴する機会があった。ご家族の心構えについてお話しされたことが印象に残った。

週に35時間以上家族と顔を合わすと、患者さんの再発率が高くなるという。一日5時間以上いっしょにいるとお互いにストレスが募り、いらいらしてくるということだ。

そういえば、父が存命中、土曜、日曜になるとけんかばかりしていたことを思い出した。家族は患者さんへの思いが募り、どうしても早く治ってほしいという焦りを抱きがちだ。だが、心の病は看病に専念したからといって、早く治るというような単純なものではない。家族それぞれが一人でできる趣味を持ち、自分たちの人生を楽しんでいこうとしたほうが良い結果を生む場合がある。

発病当初、治らない病気に家族ともにいらつき、顔をつきあわせてはお互いをののしったことがあった。しかし、何年か経過し、お互いにあきらめのような気持ちが出てきて、各自が好きなことを好き勝手にやり始めたころから、かえって良くなったような気がする。

精神病の人に対してできる支援は限られている。だから、手は出さず、口も出さず、目は離さない、そして、つかず離れず不即不離の関係を保っていくことがベストのように思う。「not doing but being」家族会対象の講演ではいつも私もこのように話している。何かしてあげたり、口やかましく干渉したりせず、ただいっしょにいてあげることが大事だと。「あたたかな無関心」とでも言おうか。「あなたは見捨てられてはいない、愛されている」という条件付きの相対的な愛ではなく、御家族の中に絶対的な愛があるかどうかが決め手だと思う。

そして、なんとかなるさという根拠のない楽観に基づくしぶとさを持ち続け、家族ぐるみでＱＯＬを高めていこうとする前向きな姿勢を持つことが大事なのではないかと思った。

貧乏人、突然セレブに

春休みは四国に旅行に出かけた。一泊二食付き￥２４，８００の豪華なレディースプランがパソコンのモニター懸賞で当たったのである。なんと、歴代首相や皇室の方々、ノーベル賞受賞者も宿泊されたという由緒ある旅館である。

妹と私はボロボロのジーンズにリュックサックという浮浪者のようないでたちで、旅館の豪華なゲートの前でしばし中に入ることを躊躇していた。

「いらっしゃいませ」と恭しく、ベルボーイが頭を下げる。泊る前から肩が凝ってしまいそうなホテルである。天井がやけに高い。頭上には大きなシャンデリアが私たち貧乏人をあざ笑うかのように燦然と輝いている。ふかふかのカーペットも靴底が沈み込んで歩きにくい。フロント嬢の笑顔もマニュアル化されたマネキン人形のようだ。

「なんと場違いな所に来てしまったのだろう」。周りの宿泊客を見回すとヴィトンのバッグを持ち、スーツを着たような人ばかりである。私は経済的にかつかつの生活を送っているので、レジャー費は基本的に懸賞でまかなっている。すると、突然、日ごろの生活レベルから極端にかけ離れた商品が当たることがある。

たとえば、お年玉付き年賀葉書で当たった北海道直送のたらばがに。発砲スチロールの箱の大きさに驚き、中を開けて、さらにカニの大きさに驚いた。カニといえば日ごろはかにかまぼこ（原料は白身魚のすり身だが）にしか縁がない私はこの時初めてカニを丸一杯台所のまな板の上に載せたわけである。すると、カニが大きすぎてなんとまな板の上に載らないではないか。お正月に食べるかにすきのカニにしろ、初めから脚や胴体がさばかれ、バラバラ死体になったカニさんである。家族の誰もカニにさわろうとしない。たらばがに丸一杯をさばいた経験はみんなないようである。仕方がない。私がやろう。勇気を出して、包丁を振り下ろす。

カニは大変美味だったが、食べ終わる頃にはひどい疲れを感じた。日ごろ貧乏生活、懸賞が当たり、突然変異的にブルジョアに変貌するこの暮らし方は想像以上に大変なのである。四国の旅館ではどんなご馳走が出てくるのだろうか。楽しいような怖いような未知との遭遇である。

精神病になっても、うまいものはうまい！

豪華なホテルの部屋に通されると、窓から高知城が見えた。まず、お茶を一服、当然、セルフサービスですするものと思っていたら、扉をノックする音がする。そして、女給さんが襖を開けると、恭しく膝をつき、三つ指をついて頭を下げた。おお、¥２４，８００のコースはこんなこともしてもらえるのか。それに和菓子の盛り合わせもすごいではないか。四国銘菓が全部で五種類、それに土佐のりや唐辛子茶までついている。こんなに食べたら、ゴージャスな夕食が食べられなくなるだろうと思い、お菓子は明日の非常食に回すことにする。

夕食が始まり、一の膳が運ばれてきた。芸術作品のような美しさだ。高知城の形をした器が置かれ、百合根を桜の花びらの形に細工切りにし、食紅できれいに色づけされたものがそこかしこに散りばめられている。松葉に串刺しにされた貝は初め帆立貝だと思っていたのだが、お品書きをよく見ると、あわびだった。貧乏人はあわびを食べたことがないので、区別がつかないのである。

高知城の器の中身はなんと鯨のとろとわけぎの酢味噌和えである。これがあの学校給食で食べた竜田揚げのかたい鯨と同じ鯨なのだろうか。舌の上でとろーととろけていくような柔らかさで、ほとんど噛む必要さえない。

この後、カツオのたたきとお刺身が運ばれてくる。かつおの身はさすが地元だけあって、プリプリと新鮮で身がはじけそうだ。大阪で食べているかつおのたたきは腐りかけのものだったのかと思うほど、鮮度が高かった。箸休めにじゅんさいの澄まし汁が運ばれてくる。この時点で既に満腹に近かったが、まだ焼き物や天ぷらさえ目にしていない。焼き物は鰆でかにの身とうにを包み焼きにしたもので、実に上品な味であった。

最後は地鶏の釜飯である。おこげが大変美味である。そして、デザートはここで一転して、洋風になる。芦屋のアンリ・シャルパンティエに勝るとも劣らずの麗しいデザート三種盛りであった。豆乳プリン、苺のシュークリーム、木苺のケーキに舌鼓を打つころ、私のお腹は象あざらしのようにふくれあがっていた。うん、本当に美味、精神病になってもやはり、うまいものはうまいのだ。というか、精神病になると食べるしか楽しみがなくなるのかもしれない。

沖縄、時間がゆっくり流れる島

去年の六月、沖縄に三泊四日の予定で講演に出かけた。那覇空港に降り立つと、通路の両側に蘭の花の鉢植えがずらーと置かれているのに目がいった。それぞれの花の紫からピンク、白へのグラデーションがとてもきれいだ。

「うわー、本当に沖縄に来たんだ」。ふだんの講演活動はどうしても関西中心で、本州の外に出ることはめったにないので、感慨ひとしおである。

空港を出ると、支援センター「なんくる」のSさんが出口のところで迎えてくださる。電話できちんと打合せをしていなかったので、ゲートを出るまで不安だった。Sさんのにこやかな笑顔に救われる。

同じセンターの職員Mさんの運転する車にて支援センターに向かった。「あいにくの雨でごめんね」二人が申しわけなさそうに言うが、本州から来た人間にとって、沖縄は晴れていようが雨であろうが、南国のリゾート地であることに変わりない。

「雨だと緑がとってもきれいに見えますよね」私は窓外の景色を見ながら、一人悦にいっている。車内から見る街路樹の緑が本当に目にしみいるようなしっとりとした色をしている。ところが、木の背丈がどれもこれも低いのに驚く。家も本州の家に比べれば背丈が低いようである。そして、瓦ぶきの屋根もほとんど見当たらない。台風のせいで、背の高い木はきっと淘汰されたのだろう。家の丈が低いのも、きっと強風から身を守るためなのだろうと、自然の摂理と人々の知恵に感心した。

支援センターに着いて、サンピン茶と黒糖をいただいた。南国の香りと自然の甘味に、旅の疲れが抜けていくようだ。午後のリラックスタイムなのだろうか。思い思いの姿勢でソファでくつろぐ人たちを見ていると、「こんなふうにゆっくりと時間が流れる場所へ来れば、精神病は良くなるかもしれない」と思ってしまう。

事実、インドネシアなどの南の島には、精神病院そのものがない所が多いそうだ。心が疲れたら、明るい太陽の下、白いビーチに寝転がって波の音を聴いているほうが、コンクリートで塗り固められた空気のよどんだ閉鎖病棟にいるより、ずっといいに決まっている。

大阪の人は日本で一番せっかちらしい。信号が青に変わるほんの数秒が待てなくて、みんな平気で横断歩道を渡ってしまう。かくいう私もそれほど急いでいるわけでもないのに、大阪人のマナーの悪さに日ごろは染まってしまっている。

以前、娘と一緒に沖縄に来た時のアンビリーバブルな出来事を思い出した。玉泉洞に行こうとバスを待っていた時のこと、時刻表の時間を過ぎてもいっこうにバスが来ない。不安になった私が通りがかりの人に尋ねると、「沖縄のバスの時刻表はあってないようなものなんだよ、沖縄タイムって知らないの?」と言われたのである。

そうか、沖縄の人は時刻表なんか気にしないんだと思い、30分遅れのバスに乗り、玉泉洞に向かった。けれども、帰りはこのバスを逃すとホテルに戻る時間が遅くなり心配と思っていたところ、どういうわけかバスが時刻どおりに来たので驚いていると、なんとそれは、一台前の時間のバスだったのである。

せかせか歩く都会の人たちとは裏腹に、ここ沖縄の地では本当に時間がゆっくり流れているんだなあ。沖縄で過ごした一分一分に、心の癒しを高めてくれるようなゆっくりとした不思議な時の流れを感じた。

精神病になると千円札が一万円札になる

来春、次女が大学受験を控えているため、今年の我が家の空気はかなり重たい。でも、今、毎日予備校に通う娘のために昼、夜、二食分のお弁当を用意している。病気になってから、なんてまじめな主婦になったのだろう。健康だったころは逆になんと遊び人でいい加減な人間だったのだろう。今と昔を比べて、ひょっとすると今の私のほうが以前より勤勉かもと思ってしまった。

若かったころ、大好きだった旅行、ショッピング、スキー、外食などの娯楽はお金がないため断念。現在の趣味はといえば、読書、散歩、障害者手帳で無料で入れる寺、美術館めぐりなどに変わった。趣味はアカデミックなものにグレードアップし、お金が十分にあれば、毎日二食分のお弁当を作るのは面倒なので、食堂で好きな物を食べてねと娘にお小遣いをあげていただろうと思う。

精神障害者になると、お金の価値が十倍ぐらいに感じられるようになると誰かが言っていたが、本当にその通りだ。千円札が一万円札の重みを持つように感じられるのだ。元気で働いている人なら、千円のバッグを買うのにそう長くは逡巡しないだろう。が、しかし、今の私にとっては千円は昔の一万円に値するので、なかなか買い物ができない。何軒もの店を回り、あれこれ、値段を比較したあげく、結局は何も買わなかったなんてことが多い。そして、デパ地下や北海道物産展などに行き、試食だけして帰ってくる。

洋服などは一応ブランドショップに行き、今流行っているデザイン、ブランド名などをチェックする。そして、後日、フリーマーケットに行き、似たようなものを探すという二度手間をかけている。特に、高級住宅街で催されるフリーマーケットでは掘り出し物が多いということに最近気づいた。

でも、病気も悪いことばかりではない。究極のエコライフを満喫できる精神病に感謝（？）である。

一人は気楽だが、♡がさびしい

11月には知恩院、高台寺、清水寺に紅葉のライトアップを見に行った。京都の夜は寒い。でも、昼間とは違う幽玄な雰囲気の寺にしばし、異界に迷いこんだような錯覚を感じた。知恩院の本堂で流れていた不思議な仏教音楽、ライトアップされた紅葉が池面にうつしだされ、妖艶な紅に変貌していく。さらに高台寺の白砂に投影されたミステリアスな映像など、摩訶不思議なあの世ともこの世ともつかぬ異空間にしばし身をおくことができた。

夜のお寺の空気はなんとなく私が体験した幻覚の世界にオーバーラップする。照明によって見え隠れする寺の姿や人影などが、神出鬼没の幻視に見紛うかのようだ。

とはいっても、どこに行っても人、ひとの波。清水寺の舞台の上は渋滞していて、眼下の紅葉は前列から三番目の場所でかろうじて眺めることができた。それに大勢の人が歩くものだから、舞台がギシギシ音をたて、今にも落下するのではと思うほど。写真撮影に最適の場所に来れば、またまた人が団子のような塊になっていて、一歩たりとも前に進むことができない。いったい、紅葉を見に行ったのか、人を見に行ったのか、わからない有様。

12月に行った神戸のルミナリエも、事情は一緒。こちらは人が横並びに数珠つながりになり、3歩すすんで、2歩さがるみたいな遅々とした足取りで行進していく。三宮駅からルミナリエの入口まで1時間近く蛇行して、ようやくたどりついた。この間、寒さのためか、トイレに行きたくなったのか、途中ドロップアウトするお年寄りや子どもが数十人もいた。一度行列の外に出ると、途中からは入れないので、また入口まで戻らなければならないらしい。まるで、すごろくの「ふりだしに戻る」みたいな感じだ。

ルミナリエのアーケードの中では「立ち止まっての写真撮影はご遠慮ください」という放送が流れているにもかかわらず、すわりこんでいる人が大勢いた。出口にある光の宮殿の中も、オイルサーディンの缶詰のようにぎっしりと人がつめこまれ、身動きできない状態だ。

人に気疲れするため、外出する際には基本的に一人の私。どこもかしこもカップルや家族づれのあったかい♡マークであふれかえり、ひとしお寒さが身にしみた。

一人は気楽でいい、けれど、帰り道、なぜか心にすきま風がヒュールルーとふきぬけていく。夜の冷気が足元からたちのぼってきた。あばら骨のすきまから、ひやっこい風がハートに突き刺さっていく。

お小遣い1万円はほしい

去年の秋、京都に紅葉を見に行き、ひどい目にあった。紅葉どころか、人、人、人の山を見に行ったような有様だったので、今年の観光は時期と場所をずらそうと思う。

つまり、秋には神戸など紅葉では有名でないところに行き、冬になってから京都に行こうというとである。というわけで、先日、神戸市立博物館とランプミュージアムに行ってきた。障害者手帳を提示すれば、1300円、400円のそれぞれの入場料は無料になる。

ランプミュージアムでは明かりの歴史についての解説と実際に使われていた行灯や石油ランプの展示などを見ることができる。ステンドグラスのランプなどは芸術品のような美しさだ。

そして、神戸市立博物館に移動。シアトル美術館展を開催していて、海外に持ち出された日本の作品を逆輸入して鑑賞するという趣向だ。金屛風に描かれた黒ぐろとしたカラスの作品が圧巻だった。おしゃれなカフェには見向きもせず、自宅から持参したペットボトル入りのお茶を飲み、昼食はパンですませた。帰りに中華街に立ち寄り、豚まんを一つ食べて帰宅した。

この質素な神戸満喫ツアー、しめて600円ぐらい。一か月のお小遣いは7000円しかないので、一回の外出に使うお金も大体千円以内である。すねをかじる大学生の娘は今頃友達と優雅にお茶をしているのだろう。娘の小遣いが月1万円、定期代が3万8000円、携帯代ももちろん、母親の私持ちだ。親は生活保護以下の貧乏暮らしを余儀なくされている。

民主党に政権が代わり、障害者福祉は本当によくなるのだろうか。麻生さん以上にリッチな鳩山総理、夫婦でスーパーマーケットに行くのも国民受けをねらったパフォーマンスじゃないかと思いたくなる。

私もせめてお小遣い1万円はほしい。暮れなずむ神戸の街が涙でかすむような気がした。

やっぱり、京都はいい

今年の秋は京都には行かないと誓っていたのだが、やはり紅葉を見に嵐山に出かけてしまった。雅な京都は魅惑的な眼差しでいつも私を誘惑する。なぜって、今京都を舞台にした小説を書いているぐらい実は京都狂いの私、若いころから京都へのデイトリップに小遣いを使いはたしていたぐらいなのだ。

天龍寺の紅葉は燃え盛るように紅く、ピンクや白のさざんかも咲き乱れ、〝美しい〟という言葉を超える妖艶な世界を展開していた。池泉式回遊庭園ではこれもまた見事に紅葉した嵐山と亀山を借景とした庭園美を堪能できる。

そのあと、清涼寺に移動。国宝の仏像などを鑑賞し、また紅葉の美しい枯山水庭園を拝観した。なぜ、これほど京都に魅かれるのか。華やかさと〝わび〟、〝さび〟が共存するこの不思議な世界が病み疲れた魂を癒すのに一番効果的だからかもしれない。

忙しすぎて疲れると、いつも京都に行きたくなる。この場合、大阪や神戸では代替できない。おしゃれな神戸の喫茶店、にぎやかな食い倒れの街大阪に出かけても心の疲れはとれないのだ。

簡素な茶室、庭園の前の縁側に一人たたずみ、ぼーとする、水琴窟の音色を聴き、お抹茶をいただき、手水鉢で手を洗う、この一昔前の行為の中に人工的なものがないから、疲れがとれるのかもしれない。

繍秋の京都は豪華絢爛絵巻のような美しさ、超美女級の誘惑で毎秋、私を手招きしてくれる。

光のルネサンス

12月は大阪中之島に光のルネサンスを見に行った。御堂筋の銀杏並木が青、ピンク、黄色にライトアップされ、それは美しく幻想的な景色が楽しめる。さらに電飾に光輝く豪華な車やカップルのためのベンチなど様々なオブジェがあちこちに宝石のように散りばめられている。

そして、一番の見どころはウォールタピストリーだろうか。大阪府立図書館の壁をスクリーンに見立て、映像を映し出す趣向だ。今年は音楽が静かで映像も少し地味だったように思う。しかし、冬の夜、10分間の幻想的な世界が楽しめるだけあって、長蛇の列ができていた。

ここで、お得な情報をひとつ、係員に障害者手帳を提示すれば、まったく並ばず、特等席のような場所でこの光の芸術を見ることができるのだ。さらにお得な情報をもうひとつ、本町と淀屋橋の間にある無料（現在は一部有料）のカフェ、「播磨屋」を紹介したい。コーヒー、紅茶、ほうじ茶、オレンジジュースが無料でおかきバーも無料と、清貧生活を送る障害者を救済するような喫茶店なのである。ここで、あったかいコーヒーを飲み、再び会場に移動する（現在はおかき代200円が必要）。

電飾に彩られた樹や、ミッキーマウス、バンビなどの置物もそれぞれの良さがあり、神戸のルミナリエよりこちらのほうが変化に富んでいて面白いと感じた。

冬の夜は寒く、長居はできないが、もし、まだ見ていないという方がおられたら、来年はぜひご覧になってください。冬の夜の幻覚（？）といってもよいほど美しい世界がそこには展開されている。

アバターの世界

『アバター』を観に行った。もちろん、一人で。カップルにサンドイッチされる形で肩身のせまい思いをしたのだが、映画はすごく良かった。

アバターの髪の毛を精霊の木の枝にからめると、声が聴こえてくるシーンが一番印象的だった。森林のすべての木がコミュニケーションをとっていて、一つのネットワークを作っているという設定である。

「声が聴こえる」という現象はひょっとしたら、プリミティブな社会では当たり前のことだったのではないかとふと思った。原始人たちは精霊と普通にコミュニケートしていたのに、文明が発達するにつれて、本来の能力を失っていったのではないだろうか。

統合失調症の人たちは、木と話したり、宇宙と交信したり、神の声を聴いたりする原始の能力を今でも持ち続けているだけなのかもしれない。そうであれば、この声が聴こえるという現象を病気と思わなくてもよいように思う。

ミステリー列車が走るＪＲでの居眠りは禁物

ＪＲ山科駅で琵琶湖線と湖西線に分かれる。次女は去年、大阪から石山駅まで通学していたが、ある時、ふと寝過し、起きてみるとなぜか琵琶湖が右側に見えたという。それで、乗り間違いに気がつき、引き返したのだが、湖西線の山科駅の次の駅は「大津京」駅、琵琶湖線の山科駅の次の駅は「大津」駅、このふたつの駅名が似ていてまぎらわしいと言っていた。

さらに先日、見慣れぬ駅名行きの怪しげな列車が山科駅に到着した。「柘植」行きである。この駅名は琵琶湖線にも湖西線にもないので、私は不審に思い、駅員にたずねた。なんとこれは草津線の列車だという。琵琶湖線、湖西線、草津線三線が乗り入れているこの路線、どこへ行くのかよくわからないミステリー列車が時に通過する。

さらにJRが怖いところは、眠っていると果てしなく遠くまで連れていかれるところだ。娘は学校帰り、疲れていて居眠りし、西明石まで連れていかれたことがある。さらに夜のバイトをしていた娘の友人は爆睡し、最終列車で終着駅の播州赤穂まで連れていかれ、24時間営業のマックで一晩を過ごしたということだ。

あな恐ろし、人さらいのJR、睡眠剤を飲んで乗る時には気をつけよう。

湖西線の怪――福井行きが突如網干行きに

私は若いころ、旅行が好きで時刻表片手にあちこち出かけたものだ。今は講演のため、一人で初めてのところに行く機会もあり、けっこう旅慣れているほうだと思う。

しかし、湖西線では何度かひどい目にあっている。

夏休み、近江今津に行く用事があり、一人湖西線に乗った。行きは大丈夫だったのだが、帰りに何度かとちった。行きに1・2番線ホームで降りたのだから、帰りは当然反対側のプラットホーム3・4番線から列車に乗るものだと思っていたが、なぜかそこには誰もいない。反対側のプラットホームに人だかりがし、何かおかしいと気づいたときにはすでに遅し、京都行きの列車が発車したあとであった。

あとで、時刻表をよく見ると、小さな数字で②と書いてある。そうか、ほとんどの列車は近江今津止まりで同じホームから折り返すのだ。ここで25分のタイムロス、今度こそ次の列車に乗るぞと私は1・2番線ホームに向かった。

すると10分ほどして福井行きの特急がやってきた。この列車は関係ない、福井に行くのだからとうとしていて、5分ほどたち、目を開けるとなんと目の前に網干行きの列車が止まっている。駅員が大声をはりあげ、京都方面行きの列車はこのホームから出ますと叫んでいる。

しばらくして、謎がとけた。前4両が切り離され、福井に行き、後ろ3両が京都に戻るのだ。湖西線の怪「福井行きが突如、網干行きに」——真夏の夜の夢みたいな話だ。

人付き合いの苦手な人は自然を友達にしよう

私が誰かの妻であった時、人はそれなりに私を扱ってくれた。ところが、離婚してシングルマザーになれば、多くの場合、同情と軽視の視線を投げかけられる。さらにその上、「私は統合失調症です」と言おうものなら、ほとんどの人は一目散に私の前から姿を消してしまうだろう。

相手の持ち物によって態度を豹変させる人間にほとほと嫌気がさした時、私はよく一人で近所の初刈川の渓谷を散策した。太陽は私が結婚していようがいまいが、人に忌み嫌われる病気であろうがなかろうが、いつも同じ暖かい光を投げかけてくれた。小鳥のさえずりや木々の緑も小川のせせらぎも、私の地位によってその美しさを変えることはない。

もしも太陽が地位の高い人やお金持ちの人、健康で若くて美しい人たちだけの上に光をそそぎ、そうでない人には光をそそがないとしたら、私は自然に救われることはなかったと思う。罪人の上にも障害者の上にも貧しい人の上にも、太陽の光は平等にそそがれる。

今、どうしても人が信じられない、ひきこもりでニートになっている人がおられたら、私は一度山野に遊んでみることをお勧めする。この場合、自然と友達になるといっても、わざわざ風光明媚な観光地に行く必要はない。郊外に住んでいるのなら、家の周りを十五分散歩するだけでよいだろうし、都心部に住んでいるのなら、近くの公園に散歩に出かけてみるだけでよい。陽だまりの暖かさ、小さな野の花の美しさは、あなたがどんな状況に置かれてもあなたを大きな愛で包んでくれるはずだ。

薬とのつきあい方

精神病になると、ずっと薬を飲み続けなければならない。正直、面倒くさいと思うこともある。しかし、10年、20年とずっと飲み続けていると、薬とまるで、結婚しているような感じにもなり、腐れ縁が切れなくなってくる。

すると、薬が単なるものではなくなり、夫とか、恋人、親友のような存在になってくる。薬剤名がすべて人の名前のように感じるからふしぎだ。

たとえば、セレネース、フランス人の金髪女性の名前みたいな感じ、ロナセン、背が高くて、イケメンの男性、ベゲタミン、がっしりした用心棒的存在、ロヒプノール、ふわふわした感じが浮気相手っぽい、リスパダール、小リスのように可愛いペット、ルラシドン、氷河期に絶滅した恐竜の一種か？　という感じだ。

セレネース、「今夜も一緒に寝よう」、ロナセン、「私を強く抱きしめて」、ベゲタミン、「いつもしっかり、守ってね」、ロヒプノール、「浮気は一夜かぎり」、リスパダール、「お手、おすわり」、ルラシドン、「恐竜博物館のゆるキャラになって、町おこしを手伝えば？」みたいな感じになる。

このように薬を擬人化してみると、それほど、薬に違和感や敵対心を感じなくなるのではないだろうか。「嫌だ」と拒否的に敵対していると、副作用ばかり出て、薬効が今ひとつという結果になりそうだが、薬に対して、親和的に接していると、体が薬のよい成分だけをしっかり受け入れ、毒素はきっちり排出してくれるようにも思う。

その証拠に人によって、効く薬がちがうし、量的なものもちがう。つまり、薬とは人と同じように、相性があるということだ。Aさんはセレネースとは恋仲だが、ロナセンとはライバル、ロヒプノールとは浮気のつもりが、本気になり、ベゲタミンを用心棒に雇ったところ、逆襲され、リスパダールにはかみつかれるという結果にならないとも限らない。

ルラシドンが福井の恐竜博物館のマスコットキャラクターになったところ、思いがけない人気が出て、第二のべてるの家が福井に進出、恐竜博物館で働く職員は全員当事者になっていたというようなことがあれば、面白いのにと思う。

※注　異なるかっこの中の科白は、幻聴の科白、心のつぶやき、意識の流れを表わす。

また、誇大妄想か［おまえは相変わらず、変なことばかり、考えるな〈あほか？（いや、ＷＩＮＷＩＮの関係でもって、地域の町おこし、当事者の雇用とすべての人を幸せにする目的で）〉近江商人、三方よしの教えみたいだな］

売ってよし、買ってよし、世間よしでないとどんな商売も長くは続かないとか［このマーケットはどう考えても、ブルーオーシャン市場〈でも、もうかるとなれば、大手企業が進出してきて、たちまち、レッドオーシャン市場に（そうかな？　精神障害者を雇用枠に入れたといっても、形だけだろう）ルラシドンキャンディーとか、ルラシドンビスケットの売上、ついにべてるの家の昆布の売りあげを突破か〉［ゆるキャラのくまもんや、ヒコニャンとコンビを組んで売りだせ！〈くまもんも仕かけ人は公務員だろ（当事者にもやれる！　できる！）大阪の長居にもたしか、恐竜博物館があったはず〉ということはチェーン化も可能ということ］そうだ。

［全国の恐竜博物館をフランチャイズ化して、親元がマージンをもらうとか〈当事者ネットワークの最大規模の株式会社設立（東証一部上場も夢じゃない！）どうして、こういうこと、誰もしないんだろう？〉ＴＶコマーシャルで大々的に宣伝］資本金がないんだろう、たぶんな［失敗するのは誰でも怖いし〈ハイリスク、ハイリターンか（薬事法の壁とか）リスクをとらなければ、成功はおぼつかない〉何もしなければ、失敗もしないし］、いや、トライして、失敗するのは、怖いが、失敗を恐れて、何もしないことはもっと怖い。

フェルミ推定によれば、統合失調症の人は全国に80万人ぐらいいるはず［日本にある電信柱の数を推定させるあのフェルミ推定か〔そうだ、地頭力《じあたまりょく》をきたえなくては（精神障害者サバイバルマニュアルだな）生きていけない〕］

ところが、どこにもその姿は見えない［フェルミのパラドックスだな〔宇宙人はいるはずだが、誰もその姿を見たことはないという（そのとおり！）フェルミのパラドックスが統合失調症にもあてはまる〕いったい、みんなどこにいるんだ?］のは不思議だ。

百人に一人は発症する病気だというのに、芸能人にも作家にも、政治家にもいない（松本ハウスの加賀谷がいるだろう?）［みんな、うつ病にフェイクしているんじゃない?〔そうだな、うつ病はカミングアウトする人がふえてきたし（やっぱり、気色悪い病気だから）、多分、うつ病と公表している人の中に一部統合失調症の人もいるだろう〕芸能人、売れなくなったら、病気を公表］それで、医療番組とかに出て、カムバックか。

［統合失調症のイメージが悪すぎて〔いや、みんな実体を知らないだけ（愛すべき純真な人たちなのだが）マスコミの報道が原因かな〕いや、それだけが原因とはいえない］ふ～ん。

統合失調症の人がカミングアウトしないことにも問題がある［Come out! Come out! 日の当たる所に出てみたら（案外、世間の人は受け入れてくれたりして）いや、そんなに甘くはないだろう〔でも、自分はカミングアウトして良かったと思うよ］［損か得か？〔希少性のある今なら、絶対、得！（猫も杓子も統合失調症となると、ベネフィットは少なくなる）旅行もたくさん行けるようになって〕そのうち、いつもビジネスクラスに乗っているかも」マイレージをためて、海外にも行き［空港のラウンジも入り放題（スッチーに顔を覚えられて（ＶＩＰ待遇か）夢の船旅にも行けるかも）これこそ、まさに疾病利得」よかったじゃないか、幸福になれて…ふっ、ふっ、ふっ…（傍から見たら、空笑だ、こりゃ病気の再発かも！）

〝シングルマザーで精神病〟の私の旅はこれからもまだまだ続く……

占いによると、去年（２０１３年）から今年にかけて、飛躍の年ということだ。『当事者が語る精神障害とのつきあい方――グッドラック！　統合失調症と言おう』（明石書店）、『レジリアンス――症候学・脳科学・治療学』（金原出版）、そして、この本と３冊の本を出版不況の中、たて続けに刊行できることは幸運だと思う。

和田秀樹さんにメールをお送りしたところ、思いがけず返事をいただき、この本の帯に推薦の言葉を書いていただけることになった。

経済評論家の勝間和代さんが、ツイッターをフォローして下さったり、「いつか、一緒に仕事ができたらいいですね」とメールを下さったのにも感激した。カツマーというのには少し努力不足なので、（精神の病気ゆえに）ミニカツマーである私にとって、憧れの人からのエールはとても励みになっている。

20年前には、自分なんか死んだほうがいいと考えていた。でも、でも、でも、やっぱり生きていてよかった。たくさんのセレンディピティ、出会いや小さな幸福を「チリも積もれば、山となる」のように少しずつ積みあげてきたからだろうか。

精神病の人は今、自分が置かれている状況を不運ととらえがちだが、マイナスをプラスに変えるかどうかは自分自身の考え方の中にあると思う。

たとえば、「仕事がない→金がない→自分は不幸だ」と考えるより、「仕事がない→時間がある→本をたくさん読んで、自己投資できる」とマイナスポイントをプラスに変えてみればよいのではないだろうか。

本をたくさん読むようになったことが幸運の始まりで、〔神田昌典さんの『非常識な成功法則』に始まり（勝間和代さんの本はすべて読破（和田秀樹さんの『自分を成長させる「ストロングポイント」のつくり方』もいい）何十年かかっても一人では得られないノウハウが千円ぐらいで手に入る本はリターンが一番大きい投資かも）すべての幸運と幸福は本屋と図書館の中にあったとは〕驚きだ。

そうそう、『ツキの科学』（マックス・ギュンター）という本に出会って、科学的に自分の運勢をあげていくことができたんだ〔じゃんけんを繰り返し、『「有名人になる」ということ』（勝間和代）を参照〕少しずつ、ステップアップしていく方法も身につけたし〕ブルー・オーシャン戦略もなんとかうまくいった。

キャリアショックを何度も体験し、（「キャリアショック」高橋俊介著）〔その度にたくましく、キャリアコンピテンシーを身につけて（地をはうように（のたうちまわりながら）ゆっくりペースで）歩み続けた〕ふみにじられたプライドと共に闘い続けてね。

働き方はすでにSOHO（small office home office）の時代に突入〔ノマドライフか？〔1年のうち、1か月は家にいない（遊牧民の血がさわぐ）2013年には北海道、東京、三重、熊本、沖縄と講演で全国を縦断〕非日常の体験がインスピレーションを高めるから〕文章を書く仕事はオフィスがなくても、パソコンさえあれば、どこでもできる、カフェでも……。

場所を変え、時間を変え、どこにでも変幻自在に現れる森実恵〔えっ、もりみえはお化けか？そうそう、幻覚と共に（この世とあの世を自由に行き来し）姿形を変えて〕統合失調症になった時、一度死んでいるので〕幽霊に半分なりかかっているということ？やっぱり、お化けだったのか〔柔和な顔をしているが〔本当は怖い（ペンで何人か、人も殺したし）文章上の殺人は罪か？否か？〕本当はごきぶり一匹さえ殺せない弱虫のくせに〕強がっているだけだろう。

和田秀樹さんの携帯番号を教えて頂いた時には、感激した。嬉しい！天にも昇る気持ちとはこのこと……あの憧れの人が手をさしのべてくれた、でも勇気がなくて、まだ一度もお電話していないのだけれど……。

3月の日本統合失調症学会、大日本住友製薬のランチョンセミナーでは、お笑い芸人の松本ハウスさんと対談、「当事者が求める支援」をテーマに熱く語りあう予定、別のセミナーでは、漫画家の中村ユキさんとも一緒にパネラー出演する。辛いこともたくさんあったが、今、自分のやりたいことを仕事にできる幸せをかみしめている。遠回りしたかもしれない、何度も挫折したかもしれない。でも、苦しみの種は文学の糧になる。美しいハスの花が泥の中から咲くように、森実恵も妖魔の世界から、美しい文学の花を咲かせる予定。

朝からカレーを食べて、幸福ホルモン、セロトニンを分泌させ、愛犬マロンをなでなでして、オキシトシンもいっぱい、幸福度を決めるのは、脳内物質だったとはね。そうか！ 幸福は人為的に作れるものなのだと気づいてからは、脳の中で、せっせと量産している、安上がりの幸せを……。

うなぎの寝床のような京都の町屋で原稿を書いていると、奥の方から、魔界のざわめきが聴こえてくる。ヒソヒソと人間の悪口を言う声や、妖怪の笑い声が……「猫町」「山猫屋」「夜の窓」なんてカフェの名前だけでも、魔界への入り口みたいだ。

右手を動かすと、左手が笑う、「なんて、おかしな文なんだ」とチャチャを入れられ、左手が消しゴムで消そうとする。すると、右肩の奥のほうから、するりと魔物の手が伸びてきて、ペンを手にとるやいなや、ものすごいスピードで原稿を書きだすのだ。

ひょっとして、もりみえの手は3本ある？ 右手、左手、魔物の手と……そして、自動筆記のようにいつもするすると原稿ができあがり、夜明け前には魔物の姿は跡形もなく、消えている。だから、朝起きたらいつも原稿ができあがっているというわけか、ありがたい！ でも、魔界の世界から帰ってくると、いつも汗びっしょりで全速力で2キロぐらい走ったような脱力感……ただ、これぐらいしないと鬼気迫る原稿は書けず、鶴のハタ織りのように、自分の羽を紡いで、「苦悶文学」の頂点を目指す。

「ハー、ハッ、ハッ」天井から嘲笑う声が聴こえる。「苦悶文学の頂点？　幻聴文学を確立して、ブルー・オーシャン戦略を成功させるやって、おへそが茶をわかすような滑稽な企てを考えてんな……」

「クソッ、なに言うてんのん、地をはいつくばっても、統合失調症の底意地を見せんと、死んでも死にきれへんやろ」

「ここらあたりがおまえの極限値や、極北のマイナス50度の寒さの中、フリーズドライにしてやるわ」

「いや、ほとばしる情熱でそんなものは溶解してやる、統合失調症に対するアンチスティグマの火柱はすでに天高く、のろしをあげてるわ」

「そうかな？　相変わらず、おまえの一人よがりやろう。まだ寒い、さむい、凍えそうや、こたつがほしいわ」

幻聴との対話ははてしなく続くが、幻聴の力を借りて、文章を書いているので、関係をたちきることはできない。何より、自分の体の一部でもあり、すでに人生の一部にもなっている幻聴をもはや、排斥するなんて、不可能だ。死ぬ時は幻聴と心中するしかない。

建仁寺、○△□の庭の前にすわると、そこにも妖魔の世界が広がる。この□い井戸の奥には、たぶん魔界の入り口があり、白砂の上に描かれた渦状の○は、心の苦悩を、四隅の△は、鬼ばかりいる世間を表しているようだ。潮音庭の前にたたずめば、屋根からしたたり落ちる雪水の音が天女の足音のように風雅で、これまた、魔界の音楽のように感じられる。ぴちゃん、ぽちゃん、ぽと、ピシャリ、水音のメロディは、不規則で普遍性がなく、幻聴音楽にそっくり……。

新しい音を紡ぎ出し、苦悶の中から、伸びる一筋の長い茎、その先にはお釈迦様のお花が咲くのだろう。長い、長い旅路はまだまだこれからも続く。

四つ辻を曲がると、どんどん路は細くなり、行き止まりだった。また、元来た道を戻る。白川沿いに柳の葉が、幽霊のようにゆらゆらと揺れている。風の流れに身をまかせ、今度は右に曲がる。路地裏には、車止めが……。

迷路のように複雑なリカバリーの道のりを一人、とぼとぼと歩き始める。出口はどこだろう。足下を照らす唯一の灯りは、花灯籠だ。遠くで仲間の呼ぶ声がしている。レジリアンスのさざ波のようださっきの風にのって、流れてきた声なのだろうか。

石畳の道はいつのまにか、善悪(白黒)の市松模様のようになり、右足を前に出せば、善、左足を前に出せば、悪と天国と地獄の間を行ったり来たりしている。ものすごく時間がかかりそうだ。でも、私はあきらめない。魔界の出口を探し求めて、この先もずっと一人で歩き続ける。いや、大勢の幻聴たちと仲間とともに、歩み続ける道のりはロングロングワインディングロードでも、きっと楽しいに違いない。

エッセイ　初出媒体一覧（媒体別掲載順）

■京都新聞　「統合失調症の症状」「辛かった闘病生活」「ゆっくりと回復」「健常者と大差ない日常生活」「真実を伝える公正な報道を」「精神障害者が糸賀賞受賞」

■京都福祉新聞　「部落解放文学賞を受賞しました」「統合失調症のアスリートはいないのか」「暗越奈良街道」「これでは自立できない！　障害者自立支援法」「心あたたまるプレゼント」「講演は生きがい」「日精診の大会での講演は緊張した！」「和田秀樹先生とのメール交換」「当たり前のことを幸せと感じることができる喜び」「読売新聞にて、ついに顔出しを」「若さはじける文化祭」「孫が生まれた！」「親ばか自慢」「子どもが大学に合格した！」「娘の自立」「死ぬのにいくらかかるか」「やぶがらしとの格闘」「ご家族の心がまえ」「貧乏人、突然セレブに」「精神病になっても、うまいものはうまい！」「沖縄、時間がゆっくり流れる島」「精神病になると千円札が一万円札になる」「一人は気楽だが、♡がさびしい」「お小遣い1万円はほしい」「やっぱり、京都はいい」「光のルネサンス」「アバターの世界」「ミステリー列車が走るJRでの居眠りは禁物」「湖西線の怪――福井行きが突如網干行きに」「人付き合いの苦手な人は自然を友達にしよう」

■社会福祉法人熱と光『いきてるたより』　「半生記は反省記!?」「意志あるところに道は開ける」「マイナスの持つ力」「学問に王道なし」「疾病利得」「障害者と健常者の違いって何？」「腹がたっては大福をひとつ」「実は私は教育ママ」「幻覚は４Ｄの世界に似ている!?」

■奈良人権部落解放研究所『ならヒューライツニュース』　「太陽になったおっちゃん」

■書き下ろし　「薬とのつきあい方」「〝シングルマザーで精神病〟の私の旅はこれからもまだまだ続く……」

第3部　詩

心寂しい時、あなたに寄りそう小さな花たち

何もない秋

暑さのない秋
鈴虫の声が聴こえる

愛のない秋
恋人のいない秋を
幾星霜も過ごしたろうか

気配のない秋
団らんのない秋
朝晩の冷え込みが骨までしみる

ぬくもりのない秋
何もない秋を

一人で過ごす人がいる
彼らの名は精神病患者
一人ぼっちの部屋で
何もない秋を
今年も迎える

終身刑

ボ、ボ、ボクラの受けた刑罰は
シュ、シュ、シュウシンケイという
いっそ行きたいパラダイス
2秒であの世の電気イス
重い鎖につながれて

一日同じ所を
行ったり、来たり

一歩ふみだし、また下がる
早く乗りたい、エレベーター
一歩ふみだし、また降りる
乗るに乗れないエレベーター

仲間のみんなも待っている
こっちの方が楽だよと
だけど、行くに行けない終身刑

飛び降り、飛び込み、手首切り
首つり、眠剤、ガス自殺

すべて試したシュウシンケイ
だけど、なかなか上がらない
6だしゃ、2戻り

2だしゃ、2足らず
1をだしたら、またふりだしと
同じゲームが延々続く
ああ、ああ
僕らのゲームには
決して上がりはありゃしない

シマウマ模様の制服で
今日も行ったり、来たりの終身刑

涙の水の底には

涙の水の底には、滝つぼがある
流した涙の数が多ければ多いほど
滝つぼは深くなる

思いは深くなり
思いやりも深くなる

情けも深く
眼差しも深くなる

ときには涙の水で顔を洗い
飯も炊く
少ししょっぱいが
〝やさしさ〟という塩がきいているからだ

涙の水の滝つぼから
人間が深くなる
心が深くなる

するとある日突然
涙の水の滝つぼから
小さな笑い声が聴こえる

笑い声はだんだん大きくなり、
一寸法師の影が長くなるころ
幸福の小人が訪れるのだ

みんなが咲かせた花

幻聴でなにもかも失ったからっぽの心にも
いつか小さな花が咲いた

この花は自分一人の力で咲かせたものではない
亡くなった父が種をまき、母が水をやり、子ども達が光になってくれた

そうして、何年もの歳月をかけ、弱々しい苗が細い茎になり、
葉になり、太陽に向かって背伸びするようになった

今は何もない、明日も何もないかもしれない
でも時間は遠い未来へとつながっている

未来への近道はない、一歩一歩踏みしめて、階段を上るしかない
今、そこに誰もいなくても、未来へ続く階段の先には待ってくれている人が必ずいる

いつかは会えるその人のために今を強く生きる
みんなが咲かせてくれた花が枯れないように

青空のかけら

ポケットの中に
青空のかけら、ありますか
急な坂道ばかりが
ずっとずっと続いて
永遠に

青空なんか見えないと
思っていた

でも、探してみたら
わずかにあった
青空のかけら
手さぐりで
微笑みとか
わずかな明るさとか
わずかな希望とか
寄せ集めて
ガラクタみたいな
青空のかけらだけれど
今日もなんとか
笑うことができたんだ

今、幸福な人は

結婚、おめでとう
末永くお幸せに
でも、教会の片隅で
涙を流している人がいるかもね

昇進、おめでとう
本当によかったね
でも、君の代りに
地方にとばされた人がいるかもね

幸福な人は
不幸を肩代わりしてくれた人がいることを
いつも、忘れてしまう

古来、幸福は奪いあうものではなく
わかちあうものであったが

今の人たちは
だんだん、欲が深くなり

幸福は気弱すぎる人や優しすぎる人の
ところには回ってこなくなった

幸福は強い人やしっかりした人が
自らの手で
勝ち取ったものかもしれない

けれど、幸福な人は知らない
自分が無意識的なエゴイストであることを

イスとりゲームのイスは
いつも一つ足りない

今、幸福な人は
そのイスをゆずってくれた人に

本当は感謝すべきではないのかな

花びら

人を好きになる気持ちは
花びらに似ている
花がちぎれて、飛んでいくとき、
花は痛い

でも、それを見た人はきれいだと言う

愛の形

さわれば

こわれるかもしれない
だから、さわらない

ふれれば
汚れるかもしれない
だから、ふれない

奪うだけが愛ではない
与えるだけの愛でもない
何もしない
ただ、見守るだけ
そんな愛の形が
あってもいい

スズランの花を見て
ふと、そんな気持ちになった

私はあなた、あなたは私

私はあなたの中に生き
あなたは私の中に生きている
肉体という障壁がなければ
彼我の魂は一つ

私はあなたの瞳に映る
私自身を愛しているのだろうか
あなたは私の耳朶の奥深く
聞こえるあなた自身の声を
懐かしんでいるのかもしれない

私という月影が
あなたの瞳という小さな湖に
投影される

私はあなた、あなたは私
私は私と別れることはできないし
あなたもあなたと
別れることはできない

私は私を捨てることはできないし
あなたもあなたを
捨てることはできない

あなたは幼年期の私の思い出
私はあなたの母であり、姉であり、
娘であった
二人が年老い
髪に白いものがまじり
足腰が立たなくなっても
あなたは私を背負い
三途の川を一緒に渡るのだろう

巷の愛は移ろいやすく
陽炎のようにはかない
私はあなたの瞳の中に
初めて未来永劫変わらぬ
普遍的な愛の姿を見た

サランラップの愛

透き通るほどに
純な心で
いつも、あなたを
暖かく包みこむ
匂いも味も
逃げないように
息もできぬほど
強く

抱きしめてやる
そして、優しい汗で
あなたをおおう
一枚のうすい皮膚

長針、短針かさなる時刻

受話器持つ
指がふるえる
君が出るか
あの女《ひと》がでるか
二分の一の fortune lot

君を待つ
時間の長さ
鼓動の速さに反比例する

ポケットの中に入れて

ポケットの中に入れて
私をあなたの家に
つれて帰って
「あなたの部屋に行きたい」なんて
どうせ、恥ずかしくて
言えないから

不思議の国のアリスみたいに
薬を飲んで
小さくなるの

そうして

あなたのポケットに入って
あなたにくっついていく

部屋に帰って
お腹がすいたら
私を食べてね

私はキャンディみたいに
スーととけて
あなたのお腹の中に入っていく

一度でいいから
あなたのこと
内側から見てみたかったの
しばらく、お腹の中にいて
いずれ、あなたの血と肉になり
あなたと一緒に暮らしてみる

そうして、また排泄物になって
あなたの体の中から出てくるの
これで、あなた一周の旅は終わり

でもね、あなたのこと
大嫌いになっちゃったの
やっぱり、皮一枚だけ好きだったのかも

どんな人の心も
それはそれは汚いの
大人はそれを笑顔でごまかし
美しい衣服や化粧で相殺して
生きているの

だから、もうダメ
お別れなの
誰も愛せないの
その人の心を

内側から見てしまったら

線香花火

俺達の人生
途中まで咲いて
大粒の涙
ポタッと落ちた
線香花火

チロチロ　パッパ
チロ　パッパ

花の盛りの十七に
閉鎖病棟に送られて
大粒の涙

ポテッと落ちた
線香花火

チロチロ　ぺッペ
チロ　ぺッペ

二十歳（はたち）になっても
恋もせず
働きもせず
家にいて
大粒の涙
ポトッと落ちた
線香花火

チロチロ　シュッシュッ
チロ　シュッシュッ

そして、いつのまにやら

静かに　ポトッと
消えました

狂った果実

私達ははっきり言って出来そこないです
スーパーで売っている三本並んだ胡瓜には
なれなかった不揃いの胡瓜です

真冬にスイカがなるように
真夏に雑煮をするように
季節はずれの場違いな道化師たちです

人間ではなくなる病気
この世にこれほど恐怖のプレゼントが
ありましょうか

私達は毎日この恐怖の爆弾と寝食共に
しているのです
なすびの枝に瓜がなるような
リンゴの木に梨がなるような
突然変異の狂った果実

人々は売り物にならない果樹を
斧で切り倒すでしょう
でも、もし、あなたに勇気がおありなら
一口だけかじってみませんか
今までに味わったことのない甘美な優しさという
味がするかもしれません

私達は絶望という谷間に咲く白百合の花かもしれません
ミラクルフルーツ、狂った果実はやがて集まり
奇跡を起こすでしょう
そんな果実の一つに私はなりたいのです

幸福のイルージョン

精神病になったとき、
私はもう愛されることはないのだろうと思った

一人で生きるのが怖かった
夫の愛を失うことが真の幸福の始まりとは知らずに

今、私の雇用主は私、世帯主も私
私は社畜でもなければ、家畜でもない

ようやく取り戻した白紙の自分
50年かけてやっと手に入れた
破天荒なアイデンティティ

愛の鎖は本当にあなたを幸福にするだろうか

男につくすことが〝幸せ〟なんて嘘だろう
市場原理主義にのっとり、競争し
過重労働することが成功への近道なんて誰が教えた?

種明かしは簡単
資本家が作り出した〝幸福〟のイルージョン

経済的強者がますます繁栄するための
国家的洗脳が
実は大多数の人たちの人生を不幸にしている

幸福のステレオタイプにしがみつき
骨身を削って、働いて
神経もすりへらし
摩耗した消しゴムかすのようになった時
あなたの人生も終わりを告げる

心の病になり、横道にそれた人たちは

そのことを知ってか、知らずか
妙に清々しい笑顔をしている

心はいつも雨降り

私の心はいつも雨降りです
空がカラッと晴れようが
いつも、いつでも雨降りです
私の心は雨降りです
人がニコッと笑おうが
いつも、いつでも雨降りです

盆も暮れも正月も誕生日も
そうやって、過ごしてきました
心の傘は破れかぶれ
強風に飛ばされ、流され

涙の洪水にさらわれ
地の果てまでも雨降りです

あとがき

最後まで、読んでいただき、ありがとうございました。

重く、苦しい小説「光の華」を書こうとした理由は二つあります。うつ病の苦しみはわかるが、統合失調症の苦しみはよくわからないという一般の方に向けて、この病気がどのように苦しいのか、わかっていただきたかったということが一つです。また、精神科に通院している人たちは、犯罪加害者というよりは、犯罪（災害も含む）被害者の方が多いということを明らかにしたかったのです。

小説を読んでいる間だけでも、しばし、統合失調症の苦悶に満ちた世界を共有していただけたでしょうか。

ですが、この小説だけでは、あまりにも読後感が悪いので、後半のエッセーはどちらかというと、明るく楽しい内容になっています。また、詩は最後のレモンミントティー、食後の清涼剤です。これで、帳消しということでお許しいただければと思います。

「苦しくて、やがて楽しき精神病」ということで、今は〝心の病〟を友として、毎日を楽しく生きている私です。

２０１５年１月８日

森　実恵

森実恵のおすすめ本（著者50音順）

勝間和代『まじめの罠』光文社、２０１１年
勝間和代『ズルい仕事術』ディスカヴァー・トゥエンティワン、２０１１年
勝間和代『「有名人になる」ということ』ディスカヴァー・トゥエンティワン、２０１２年
香山リカ『香山リカ的学力論――子どもにつけたい3つの力』フォーラムＡ、２００９年
苫米地英人『成功への思考法』ロングセラーズ、２０１４年
中谷彰浩『人は誰でも作家になれる――最初の一冊が出るまでの１０１章』ＰＨＰ研究所、２００３年
中村ユキ『マンガでわかる！　統合失調症』日本評論社、２０１１年
夏苅郁子『もうひとつの「心病む母が遺してくれたもの」――家族の再生の物語』日本評論社、２０１４年
福田正人『もう少し知りたい統合失調症の薬と脳　第2版』日本評論社、２０１２年
本田直之『ノマドライフ――好きな場所に住んで自由に働くために、やっておくべきこと』朝日新聞出版、２０１２年
松本ハウス（ハウス加賀谷・松本キック）『統合失調症がやってきた』イースト・プレス、２０１３年
和田秀樹『なぜ、その考え方が「いいこと」を招くのか』ＰＨＰ研究所、２０１４年
和田秀樹『一生ボケない脳をつくる77の習慣』ディスカヴァー・トゥエンティワン、２０１４年

【著者略歴】

森　実恵（もり　みえ）

作家、大阪市職業リハビリテーションセンター講師、高槻地域生活支援センターピアサポーター、大正スクラム相談員。

主な受賞歴に、2006年リリー賞（精神障害者自立支援活動賞）、2007年糸賀一雄記念賞、大石りくエッセー賞佳作、北九州市人権作文佳作など。

主な著書に、『心を乗っとられて』（潮文社）、『〈心の病〉をくぐりぬけて』（岩波ブックレット）、『なんとかなるよ統合失調症』（解放出版社）、『当事者が語る精神障害とのつきあい方――「グッドラック！　統合失調症」と言おう』（共著、明石書店）、『レジリアンス――症候学・脳科学・治療学』（共著、金原出版）。

NHKラジオ「ともに生きる」、毎日放送のラジオ番組などに出演。

講演依頼は、morimiekokoro@yahoo.co.jpまで。

苦しい？　楽しい！　精神病
――もしも、精神病の生きづらさを喜びに変える魔法のランプがあれば……

2015年3月20日　初版第1刷発行

著　者　森　実恵
発行者　石井昭男
発行所　株式会社　明石書店
〒101-0021　東京都千代田区外神田6-9-5
電　話　03（5818）1171
FAX　03（5818）1174
振　替　00100-7-24505
http://www.akashi.co.jp
装丁　桜井勝志
組版　朝日メディアインターナショナル株式会社
印刷・製本　日経印刷株式会社

（定価はカバーに表示してあります）　ISBN978-4-7503-4151-4